투더스타

To The Stars

투 더 스타
TO
THE
STARS

L.론 허버드 지음 | 최준영 옮김

소담출판사

투 더 스타
TO
THE
STARS

펴낸날 | 2005년 11월 30일 초판 1쇄

지은이 | L.론 허버드
옮긴이 | 최준영
펴낸이 | 이태권
펴낸곳 | 소담출판사
　　　　서울시 성북구 성북동 178-2 (우)136-020
　　　　전화 745-8566~7 팩스 747-3238
　　　　e-mail sodam@dreamsodam.co.kr
　　　　등록번호 제2-42호(1979년 11월 14일)
기획 편집 | 이장선 · 민성원 · 심지연 · 김상은
미　술 | 김지혜 · 김 흙
본부장 | 홍순형
영　업 | 박종천 · 장순찬 · 이도림
관　리 | 이영욱 · 안찬숙 · 장명자 · 윤은정

ISBN 89-7381-854-6 03840

● 책 가격은 뒤표지에 있습니다.

www.dreamsodam.co.kr

'우주' 는 깊고 '인간' 은 보잘것없으며 '시간' 은 그의 냉혹한 적이다.

L. Ron Hubbard

가장 위대한 과학 소설의 탄생

『어스타운딩 사이언스 픽션(Astounding Science Fiction)』1949년 12월
호에서 편집자인 존 W. 캠벨 2세는 이 잡지가 '새롭고, 놀랍도록 강렬
한 소설'을 발표할 것이라고 알렸다. 그 소설은 론 허버드가 집필했으
며 다음 해의 2월에 시작할 것이라고 했다. 캠벨은 1950년 1월에 그것
을 다시 한 번 광고하며 이렇게 썼다.

이 소설은 광속 가까이 여행하는 우주선의 시간과 속도의 미분에 관한
주제를 훌륭하게 발전시켰다.

그후 독자들의 반응은 이 소설 「투더스타」가 캠벨의 찬사와 추천에 걸맞은 것 이상임을 명백하게 보여주었다. 매월 『어스타운딩』은 팬들로부터 온 엽서와 편지들을 바탕으로 하여, 독자 투표와 과월호에 실린 이야기들의 인기 순위를 매겼다. 그리고 1950년 6월호에 캠벨은 다음과 같이 공지했다.

「투더스타」가 3월호에서 최고 자리를 차지했습니다. 편지들의 성격으로 보아, 이 소설은 충분히 그럴 자격이 있다고 판단됩니다. 그리고 이 소설을 이해하기 위해 필요한 각장의 이야기들은 수준 높은 사고로 깔끔하고 정확하게 이어져 있습니다. 「투더스타」의 줄거리는 많은 과학 기술적인 관심을 모았고 명백히 많은 사고들을 자극했습니다.

이 이야기는 과학 기술적 고찰을 자극한 것뿐만 아니라 굉장히 많은 독자들의 열광을 불러일으켰고, 워싱턴 주 시애틀에 있는 울프 덴 서점의 윌리엄 N. 오스틴은 다음과 같은 편지를 쓰기도 했다. 또 다른 이야기를 비평한 후에, 오스틴은 계속해서 이렇게 말했다.

「투더스타」에서 허버드의 결론은 완전히 다른 문제이다. 처음에 전반부가 평이한 흐름을 보이기 때문에, 그와 대비되는 결론이 아주 강한 인상을 준다. 그러나 사실 아주 조금만 주의해 보면 전반부와 후반부가 서로 아주 잘 들어맞으며 전체적으로 탁월한 가치를 담아내고 있다는 것을 알 수 있다. 그리고 매끄러운 서술, 인물 설정과 분위기의 탁월한 묘사, 견실한 아이디어를 이유로, 나는 주저하지 않고, 그것이 뛰어난 과학 소설이자 훌륭한 문학이며 양장본으로 후대까지 전해질 가치가 있다고 생각한다.

「투더스타」는 계속해서 그러한 독자들을 얻는 성과를 거뒀고, 나중에는 영국, 독일, 일본, 스웨덴, 덴마크, 프랑스, 이탈리아에서 수없이 여러 번 양장본으로 출간되었다. 이 외국 판본들에서는 대개 '내일로의 귀향(Return to Tomorrow)' 이라는 제목을 썼다. 그러나 제목이야 어쨌든, 이 이야기는 과학 소설이라는 장르에 지속적인 영향을 남겼다. 이 분야의 가장 탁월한 작가 중의 한 명인 제리 퍼넬이 다음과 같이 지적했듯이 말이다.

론 허버드가 쓴 「투더스타」는 지금까지 탄생한 가장 위대한 과학 소설 중의 하나이다.

허버드는 1949년 5월경, 워싱턴에서 이 소설을 쓴 것으로 여겨진다. 그리고 이 기간 동안 그는 다른 이야기들도 많이 썼는데, 거기에는 유명한 연작 소설 「늙은 의사 므두셀라(Old Doc Methuselah)」의 최종 모험담과 「모든 공격을 넘어서(Beyond All Weapons)」가 포함된다.

비록 「모든 공격을 넘어서」가 아인슈타인의 '시간 지연' 이론을 처음 사용했다는 이유로 비평가들에 의해 현대 과학 소설의 선구적인 작품으로 여겨지고 있으나, 그보다 불과 한 달 뒤에 출간된 「투더스타」는 그 주제를 훨씬 더 풍요롭게 발전시켰다. 『론 허버드의 소설(The Fiction of L. Ron Hubbard)』의 공인받은 서지학자는 이 소설이 '식견과, 전문적인 깊이와 영향 면에서 매우 독창적' 이라고 했다.

아인슈타인의 '시간 지연' 이론은 허버드에게 아주 낯익은 이론이었다. 1930년대 초 조지워싱턴대학의 공과대학에 입학했을 때, 론 허버드는 핵물리학에 관한 최고급반 수업들을 들었고, 그 다음에는 원자 및 분자 현상학에 도전했다. 허버드가 그 대학에서 수학 강좌를 맡고 있는 교수의 명성이 터무니없다고 주장한 점으로 짐작컨대, 그는 당시에 온 나라를 통틀어 아인슈타인의 이론을 이해하고 있는 몇 안되는 사람들 가운데 하나였음을 알 수 있다. 그리고 다음의 일화에서 허버드가 기술한 것처럼 그 교수는 자신을 아주 대단하게 생각하는 사람이었다.

어느 날 나는 학교 보고서 때문에 그를 인터뷰하러 갔다. 나는 그가 상대성 이론에 관해 이야기해 주기를 바랐는데 이 아인슈타인 학자는 쓸데없는 것들만 늘어놓았다. 그리고 나는 정말 그렇게 빨리 버릇없게 누군가를 조소하거나 경멸하게 된 적이 없었다.

그래도 허버드는 그의 논문을 인용했다.

나는 미국에서 아인슈타인을 이해하는 단 열두 명 중에 하나가 워싱턴대학의 수학부에 있다고 말했다. 나는 그의 논문을 썩 괜찮은 논문이라고 소개하면서 모든 사람들이 이해할 수 있도록 아인슈타인 이론을 충분히 설명했다. 그런데 그 교수가 나를 용서하지 않아서가 아니라 너무나 당황했고 그후에는 심사가 뒤틀려 감히 나한테 말을 걸지 못한 것이다!

「투더스타」에서 허버드는 '시간 지연'이라는 주제를 이런 식으로 표현한다.

'우주'는 깊고 '인간'은 보잘것없으며 '시간'은 그의 냉혹한 적이다.

그리고 그는 계속해서 방정식 용어들로 이 문제를 요약한다.

질량이 무한대에 가까워질수록 시간은 제로에 가까워진다.

로렌츠와 피츠제럴드, 이 두 수학자가 처음으로 그 방정식을 도출해 내었다. 그리고 이론 철학가인 앨버트 아인슈타인은 그 공식의 타당성을 보여주었다. 그러나 로렌츠와 피츠제럴드와 아인슈타인이 인간에게 태양계를 주었다면, 그들은 그에게 우주의 별들은 거부한 것이나 다름없다.

비록 우리 시대의 주요 과학적 이론들 중 하나의 몇몇 지류들은 논쟁 중이지만, 론 허버드는 1938년 과학 소설이라는 장에 처음으로 입문한 후부터 변함없이 한 가지 일만을 해왔다. 그는 과학 소설에 인간적인 면을 부여했고, 그것을 실재의 문제들과 투쟁하고 진정한 선택에 직면한 진정한 개인들로 채워넣었다.

「투더스타」의 힘은 주제에 대한 독창적인 접근에만 있는 것이 아니라 인물들에도 있다. 시간을 통해 '기나긴 항해'를 하는 여행자들 말이다. 책장을 넘기고 그들과 만날 준비를 하기 바란다. 첫 번째로 알랜 코다이가 등장한다. 그는 젊고 순진한 기술 검사관으로, 그의 인생은 되돌릴 수 없는 갈림길에 서 있다. 그리고 두 번째는 현대 과학 소설에서 가장 이해할 수 없는 신비롭고 매혹적인 인물들 중 하나이며, '하늘의 사냥개 호'의 주인인 조슬린 선장이다. 이제 여러분도 안전 띠를 매고 이 '기나긴 항해의 사람들'과 이륙할 준비를 하기 바란다.

백 년 동안 날아간 자는 돌아오지 않는다

'우주'는 깊고 '인간'은 보잘것없으며 '시간'은 그의 냉혹한 적이다.
까마득히 오래전 잊혀진 시대에, 인간은 처음으로 그 장벽을 발견
했다. 우주여행이 시작되기 전부터도 그는 거기에 그 장벽이 있음을
알았다. 그것은 방정식이었다. 그 방정식, 질량과 시간의 기본 방정식
없이 인간은 진보할 수 없었다. 그러나 인간은 진보했고 핵분열을 이
용했으며 수학자들은 위대해지고 인간의 꿈은 커졌다. 그러나 인간을
구원해 준 용어들은 결국, 그를 구속하는 용어들이 되었다.

질량이 무한대에 가까워질수록 시간은 제로에 가까워진다.

로렌츠와 피츠제럴드, 이 두 수학자가 처음으로 그 방정식을 도출해 내었다. 그리고 이론 철학가인 앨버트 아인슈타인은 그 공식의 타당성을 보여주었다. 그러나 로렌츠와 피츠제럴드와 아인슈타인이 인간에게 태양계를 주었다면, 그들은 그에게 우주의 별들은 거부한 것이나 다름없다.

이 위대한 사람들이 유도해 낸 법칙은 핵물리학자들에 의해서 처음으로 증명되었으나 실제 적용하는 데는 난관이 있다는 게 밝혀졌다. 하지만 그 법칙을 인정하면서도 거기에 도전하는 이들이 있었고, 오랜 세월 내내 그 경로들이 살아 있도록 만든 소수의 우주선들과 인간들이 있었다. 대기권을 넘어서 여행하는 버림받은 이들과 떠돌이들, 인간에게 저주받고 따돌림 당한 이들, 그들은 아주 먼 곳까지, 그러나 또한 '시간'에 단단히 구속당한 죄수들로서 외로운 길을 나아갔다.

그들을 기다리는 운명을 안다면, 누가 그 한 줌밖에 안 되는 무리의 일부분이 되겠다고 자원하겠는가? 그들의 운명을 잘 안다면……

그러나 인간 사회 속에는 늘 환경의 특징과 강압으로 인해 버림받은 이들이 있게 마련이며 방정식에 상관하지 않는 모험가들이 있게 마련이다. 그리하여 그 항로를 달리는 이들의 운명에도 불구하고 별들에 이르렀으며 일부는 답사를 하기도 했다.

그들은 그것을 '기나긴 항해'라고 불렀다. 그러나 그 우주선과 승무원들에게는 길지 않았다. 오로지 지구에만 오랜 시간일 뿐이었다. 빛의 속도에 다가간 사람들은 마찬가지로 제로 시간에 다가갔다. 다양한 급속도에 시간 차이는 인간의 삶을 뒤엎어 버렸다. 기나긴 항해에서 몇 주일을 산 사람들은 지구와 태양계가 그들이 없는 세월들을 모으도록 남겨둔 것이다.

기나긴 항해의 경제적인 가치는 미미했다. 더 먼 곳의 별들과 달리 줄 것이 별로 없는 알파 센타우리(태양에서 가장 가까운 항성, 태양계로부터 4.3광년 떨어져 있다 : 옮긴이)까지 6주간의 항해는 수많은 세월이 지난 지구로 승무원들을 되돌려 놓았다. 우주 무역은 모험적 투기 대상물이 아니라, 오로지 승무원들의 '혜택'을 위한 것일 뿐이었다.

성간 우주선에는 고성능 드라이브를 설치할 수 있었다. 그래서 때때로 공항 당국이 체포하려고 기다리고 있을 때, 어떤 비행선은 태양계의 중력으로부터 슬쩍 달아나 별들 속에 모습을 감출 수 있었다. 또는 어떤 범죄자가 세월이 가려주기를 희망하며 우주선을 훔치기도 했다. 그러나 그 결과는 똑같았다.

백 년 동안 날아간 자는 결국 돌아올 수 없다. 그는 너무나 모르는 것이다. 그의 시대 사람들은 죽었고 그에게는 갈 곳이 없으며 어울리지도 않는다. 또한 어느 승무원이 어떻게 모험을 시작했든 변함없이 똑같은 길에서 끝난다. 그가 젊음을 유지하는 동안 다른 한편으로는 더 많은 세월을 쌓으며 또 다른 여행을 가는 것이다.

단 하나의 희망은 어느 날 누군가가 또 다른 방정식, 그 장애물을 해결할 방정식을 발견할지도 모른다는 것이었다. **'어떤 물질의 속도가 광속에 가까워질수록 시간은 제로에 가까워진다'** 는 장애물을 말이다.

기나긴 항해의 부랑자들, 살아 존재하는 그들은 결코 희망을 포기하지 않았다.

TO THE
STARS

머나먼 우주에서 펼쳐지는 시공을 초월한 모험기

제1장

알랜 코다이는 걸음을 멈췄다. 지구에서 벗어나는 화성행 정기선의 섬광 때문에 순간적으로 눈을 뜰 수 없었던 것이다. 잠깐 동안 해골 모양의 우주선들이 칠흑 같은 하늘을 배경으로 붉게 번쩍이다 사라졌다. 방금 정기선이 뜬 비행장은 열기가 식으면서 진동하기 시작했다. 알랜은 이런 환경에서 한순간이라도 볼 수 없다는 것은 참을 수 없었다. 그는 지친 손을 웃옷에다 문지르며 조심스럽게 서류들과 지갑이 제자리에 있는지를 보고 안도의 한숨을 내쉬었다.

북쪽으로 보이는 뉴시카고는 붉게 타오르고 있었다. 그곳은 언제나 환하고 기운 넘치는 도시였지만 제5레벨 아래에는 굶주림과 병과 버림받은 낙오자를 감추고 있었다. 문명은 진창에서 버섯처럼 피어올랐다. 건물 기둥들은 말쑥했고, 풍요로운 정원들 안에 분수는 여러 빛깔로 뛰놀았으며 음식점들은 부자들을 향해 초대의 눈짓을 해댔다. 반면 그 아래에는 온통 거지들의 흐느낌과 날카로운 비명과 가난뿐이었지만 언젠가는 이 탑들을 파멸로 끌어가기에는 충분했다.

사실 10등급의 기술 검사관에게도 뉴시카고는 공부와 현장 실습으로 보낸 그의 모든 세월을 보상하기에는 턱없이 부족한 수입에 묶어두었다가 결국에는 그곳에 들어설 때만큼이나 가난하게 이 삶으로부터 쫓아내 방랑하게 할 수 있는 무덤이었다. 10등급 기술자에게 사람들은 그가 받은 교육과 교양을 이유로 친절하게 대했지만, 일을 필요로 하는 사람은 가난할 게 틀림없으니 멀리했다.

어디선가 알랜은 화성의 신임 공작이 공공사업에 사람들을 고용하는 중이라는 소문을 들었다. 그 새로운 일에 10등급 기술자는 드물 게 분명했다. 그러나 우주선에서 일을 해가며 갈 수 있는 사람이 아닌 한 화성에 가는 데에는 돈이 필요했으므로 알랜 코다이는 돈을 저축해야만 했다.

지난 5년 내내 치카의 아버지는 그가 자기 일을 시작할 수 있을 만큼 충분히 준비가 되면 치카와의 결혼을 허락하겠노라고 말해 왔다. 치카는 눈물 지었고, 그는 그녀를 달래려고 애썼다.

"사람들 말로 화성에는 일자리가 있고 신임 공작은 개방적이래. 울지 마. 아주 오래 걸리지는 않을 테니까. 2년간이라지만 2년은 금방 지나갈 거야. 울지 말라니까, 내 사랑."

그러나 기다리다 지치기에 2년은 충분히 긴 시간이었고, 더군다나

5년은 생각조차 할 수 없는 시간이었다. 아버지가 파산으로 돌아가실 상황만 아니었다면 좋았겠지만 그 역시 아버지의 잘못은 아니었다. 특별 과정에다 시간을 헛되이 보낸 자기 탓이었다.

"2년 있으면 다시 돌아올 거야. 맹세해. 자, 날 봐. 내가 언제 당신한테 한 약속을 어긴 적이 있어? 안 그래? 자, 훨씬 낫군. 우린 앞으로 잘 해 나갈 수 있을 거야."

그리고 알랜은 자신이 돌아왔을 때 그들이 갖게 될 집과 일이 얼마나 잘 돌아갈지에 대해 그녀에게 그림을 그리듯 멋진 말로 설명을 하면서 위로한 다음 길을 떠났다. 그러나 말 그대로 자신 있는 것은 아니었다. 아무리 임금이 높다 치더라도 화성은 그가 가기에는 너무 불확실한 장소였다. 그리고 이제는 정작 갈 수 있는지조차도 불확실해졌다. 오늘 밤 내내 네 척의 우주선에 부탁해 보았으나 그중 한 척도 현금 없이는 그를 태워다 주지 않으려고 했기 때문이다.

마지막 우주선의 선장이 말했다.

"이상한 친구군. 신사가 무임 승선 구걸을 다 하고? 당신네 기술자들은 엄청나게 돈이 많은 줄 알았는데."

이 손 뼈마디 굵은 우주 비행사에게 파산에 대해 설명해 본들 무슨 소용이겠는가? 10등급 사람들이라도 파산할 수는 있는 법이다. 그리고 구걸만 하지 않았다면 그 계급의 품위는 지킬 수 있었다.

늙은 선장이 말했다.

"폴로 경기용 말이라도 팔아 선실로 가거나. 10등급 사람이 갑판 일을 하겠다니 세상이 어떻게 돌아가고 있는 건지. 모험이 모든 걸 해결해 주는 것은 아니라네, 젊은이. 농담 그만 하고 집에 가서 책이나 읽게."

알랜 코다이는 우주선의 잔광이 사라진 지금에서야 어둠의 깊이가 느껴졌다. 여기 공공 주택 위는 어딘지 모르게 부실했다. 그는 손마디를 초조하게 문질러댔다. 할 일을 가질 수만 있다면 싸움질도 마다하지 않을 것 같았다.

모두 퇴짜를 맞고 나니 자신이 바보처럼 느껴졌다. 통행을 위한 2,000달러가 없는 10등급인은 눈에 확 띄었다. 그는 자신이 거친 무명천 바지라도 입고 거짓말하는 법을 배웠더라면 얼마나 좋았을까 싶었다. 하지만 신사는 거짓말을 하지 않는다. 그리고 파산했든 안 했든 그는 여전히 신사였다.

쓰레기로 뒤덮인 골목에서 새어나오는 불빛이 변덕스럽게 깜박거렸다. 그는 이제 관리 지역을 벗어나 슬럼가 근처로 들어서고 있었다. 그는 총도 없었고, 이렇게 하얀 비단 윗도리를 입은 채로 돌아다니다가는 노상강도의 멋진 표적이 될 게 뻔했다. 그러나 그는 그 빛들을 향해서 천천히 나아갔다.

갑작스런 돌풍에 놀란 검은 고양이 한 마리가 날카로운 울음소리를 내며 그를 향해 펄쩍 뛰어오르는 듯 싶더니 길을 가로질러 사라져버렸다. 알랜은 그 돌연한 소란에 손이 부들부들 떨리는 자신을 보고 신경질적으로 웃었다. 그깟 고양이 한 마리 때문에 소스라치게 놀라다니!

그러고 나서 알랜은 그 선율의 첫 곡조를 들었다. 낯설고, 기분 나쁜 곡조에, 가슴에 맺히는 무시무시한 무언가가 낡고 오래된 구시대의 피아노로부터 퉁겨나오고 있었다. 단순하면서도 복잡하고 느린 음악이었다. 그는 어느 선정적인 잡지 탓에 공공 주택에서는 많은 일이 벌어진다고 믿었지만 저런 선율은 아니었다. 알랜은 이제까지 그런 음악은 한 번도 들어본 적이 없다는 것을 깨달았다. 그는 자석에 끌리듯 떠도는 선율에 이끌려 자기도 모르게 싸구려 유리 건물 바깥에 서서 그 문을 뚫어지게 바라보고 있었다.

그곳은 그냥 평범한 술집이었다. 그 앞에 술주정뱅이 하나가 대자로 뻗어 있었는데, 그의 머리 옆쪽은 피범벅에다 줄곧 코 고는 소리가 이빨 새로 쌕쌕 흘러나왔다. 그리고 그자 위로 그 기분 나쁜 노래가 떠다녔다.

알랜은 무심코 노란 불빛 속으로 걸음을 내디뎠다가 다시 문으로 물러섰다. 알랜은 그곳의 정적으로 미루어보아 연주자 말고는 텅 비었을 거라고 생각했다. 그러나 천장과 바닥 사이에 들어찬 파르스름한 연기 아래, 사람들이 우글우글 모여 마실 거리를 손에 꼭 쥔 채 조용히 앉아 있었다.

그것은 존경의 표시라고 알랜은 생각했고 확실히 그 음악은 이와 같은 패거리들 사이에서조차도 그럴 만한 품격이 있었다. 그러나 잠시 후 그는 그들이 음악을 듣고 있는 게 아니라는 것을 알게 되었다. 그들은 무언가를 기다리며 두려워하고 있었다.

그 악취를 풍기는 공간 너머에 연주자가 앉아 청중도 잊은 채 두 손을 놀리는 데 몰두해 있었다. 피아노는 난타하듯 맹렬한 두드림에 우는 소리를 냈다. 피아노와 똑같이 혹사당한 듯한 세 명의 현악 단원들이 무언가를 기다리면서 겁먹은 채 그 방의 다른 사람들과 같이 웅크려 있었다. 그리고 그 젊은이는 연주했다.

그는 기묘한 젊은이였다. 푸르스름한 불빛 속에서 그의 얼굴은 몹시 날카롭고 너무 창백하고 아주 잘생겨 보였다. 그 얼굴은 이제 한층 최고조에 이른 황홀함과 뒤섞여 기묘해졌다. 헬멧과 우주 비행사 장갑은 피아노 위에 놓여 있었다. 셔츠와 바지는 놀랍도록 하얗고, 분명히 그의 나이와 어울리지 않는다는 것만 빼고는 전혀 짐작할 만한 실마리를 주지 않았다. 그리고 널따란 금빛 금속 허리띠를 두른 허리에는 알랜이 여태껏 한 번도 본 적 없는 무기가 달려 있었다. 그리고 그 방 전체가 숨죽인 채 기다리고 있었다.

젊은이의 두 손이 마지막 곡조를 향해 나아가고 있었다. 이제는 그 현들로부터 꺼져가는 멜로디의 기억 속에 매달려 있었다. 음악이 허공에 녹아 사라지고 그 젊은이가 일어섰을 때 알랜은 그가 젊지 않다는 것을 알았다. 점차 몽상이 그의 얼굴에서 걷히자 점차 다른 표정들이 얼굴 속에 결합되기 시작했다. 사내는 거의 쉰 살쯤 되어 보였고 눈빛은 엄격했다. 입은 냉소적이고 그의 몹시 여윈 얼굴은 무자비하게 보였다. 하지만 미의 관점에서 본다면 그는 매력적이었다. 매력적이고 금강석처럼 단단했다.

술집 주인이 그에게 굽실거렸다.

"각하……, 우리가 다시 모시기를……, 저 사내들은……."

그 사내는 나른하고 냉소적인 눈으로 주위를 휙 둘러보더니 연주자들의 단에서 내려왔다. 그는 자신이 그들에게 무엇을 행했는지 알았다. 그리고 음악으로 그것을 행했다는 것을 알았다. 그의 미소가 그것을 말해 주었다. 그걸 미소라고 할 수 있다면 말이다.

"헤일!"

그가 말했다. 그러자 한 덩치 큰 회색머리의 사내가 말을 끝내기가 무섭게 벌떡 일어섰다.

"'하늘의 사냥개 호'를 위해 마시도록 저들의 잔을 모두 채워."

회색머리가 말을 꺼내자 그곳이 뒤흔들렸는데도 그는 자기가 조용 조용 말하는 것처럼 행동했다.

"채워라! 채우고 조슬린 선장을 위해 마셔라! 선장과 하늘의 사냥개 를 위해. 아, 그러시면 안 되지!"

그가 서둘러 한마디 덧붙이더니, 문으로 숨어들 궁리를 하는 어느 우주인을 낚아챘다. 우주인은 돌아서자마자, 얼굴로 날아온 한 방에 힘없이 의자에 고꾸라졌다. 덩치가 그에게 빛을 비추었다.

"채우고 마셔!"

어느 품위 없는 여자가 소리쳤다.

"이자는 누군가?"

피아노 연주를 했던 사내가 흥미롭다는 듯한 표정으로 알랜을 쳐다 보며 말했다.

"두 잔씩 더 돌려!"

덩치가 붙임성 있게 큰 소리로 말했다.

"그런 다음에 너희들의 이름을 신청 접수한다. 맞는 이름이든 틀린 이름이든 상관없어. 하지만 주프(주피터의 별명으로, 주피터는 그리스 신 화의 제우스 또는 목성을 가리킨다 : 옮긴이)의 이름으로 말하는데 서명 하는 게 좋을 거야!"

또 다른 우주인이 도망치려고 시도했다가 여왕처럼 화려한 옷을 입 은 여자의 옷에 걸려 넘어지는 바람에 실패했다.

"앉게."

연주를 했던 사내가 말하며 입구 근처에 태평스레 자리를 잡고 앉
았다.

"나는 조슬린일세."

"알랜 코다이요."

알랜이 조심스럽게 손을 내밀며 말했다. 그러나 조슬린은 그걸 보
고도 못 본 척했다.

"옷차림을 보아하니 10등급인이군. 마시겠나?"

조슬린이 말했다.

"음……, 아니, 괜찮습니다. 저는……."

그는 마음속의 분노를 삭이며 말했다. 감히 우주선 선장이 10등급
인의 악수를 거절하고, 그것 때문에 오히려 자신이 부끄러워하고 있
다는 사실이 당황스러웠다.

"당신은 화성으로 갑니까?"

알랜이 말했다.

조슬린은 2온스짜리 지거(주류의 양을 재기 위한 작은 컵이나 유리잔 :
옮긴이) 한 잔을 채워 탁자 너머로 밀었다.

"마시게."

알랜은 거절하려고 했지만 조슬린이라는 존재가 내뿜고 있는 거스
르기 힘든 무언가가 그의 의지를 혼란스럽게 했다. 그는 당황한 채 들
이켰다.

"무슨 교육을 받았나?"

조슬린이 물었다.

"기술 검사."

알랜은 말하고 나서 자신에 관한 서류를 조슬린에게 건넸지만 그는 받지 않았다.

"우주에 있어본 적은?"

"없어요. 하지만 내 생각엔 아마도……."

"몇 살인가?"

"스물여섯이오."

"어린애로군. 게다가 멍청하고. 이 시각에 여기 공공 주택에서 뭘 하고 있는 건가? 누굴 죽이려고?"

"선생, 나는……."

"앉아!"

조슬린이 덧붙여 말했다.

"내 말에나 대답해!"

"개인적인 문제요."

"이런, 여자 문제군."

"말조심해요!"

알랜이 맹렬하게 쏘아붙였다.

"아버지가 파산했기 때문에 화성의 공작에게 봉사하러 가려는 거요. 이만하면 이유로 충분한 거 아닙니까?"

"그리고 2년간의 봉사가 끝나면?"

조슬린이 물었다.

"돌아와서 내 회사를 다시 세우고 결혼……."

그는 말을 멈췄다. 그는 이 이야기에 그녀를 끌어들일 생각은 없었다. 그러고 나서 자신의 당황함에서 빠져나오니 조슬린의 두 눈에 간

24

직된 죽음이 보였다.

느닷없이 얻어맞고, 알랜은 톱밥 속에 자빠졌다. 그는 뒤집힌 의자에서 일어나며 두 손으로 조슬린의 목을 움켜쥐었다. 그러자 두 사내가 뒤에서 그를 붙잡았고, 칼은 이미 0.5센티미터쯤 그의 갈비뼈에 박혀 있었다.

"그를 돌려보내."

조슬린이 말했다.

"이 한심한 녀석아. 이거나 마시고 집으로 돌아가."

그리고 그는 손을 떨면서 술을 부었고 술은 넘쳐서 고리 모양의 탁자 위에 검은 웅덩이를 이루었다.

그러나 그의 말처럼 알랜은 그렇게 쉽게 놓여나지 못했다. 두 사내가 여전히 그를 단단히 붙들고 있었기 때문이다. 한순간 더 이상의 몸부림은 수치스럽다고 느낀 알랜은 몸을 꼿꼿이 세웠다. 덩치가 이제 조슬린 옆에 가까이 서 있었다.

"안녕! 10등급."

덩치가 으르렁대듯 말을 걸어왔다.

"당신네 견장을 단 치들이 그렇게 비열하다며. 흠, 자네는 멋진 새 식구가 되겠어! 멋진 식구! 게다가 교육까지 받았단 말이지? 저자가 무슨 교육을 받았답니까, 선장?"

"기술 검사관이야."

조슬린이 차갑게 말했다.

"하지만 그는 가지 않네."

"흠, 그게 뭔지는 모르겠지만 그가 천측 항법 장치에 관해선 빠삭하게 알지도 모른다는 이야기로 들리는데요. 또 체격도 좋고. 자넨 '벼룩 서커스 호'를 좋아하겠어, 젊은 친구."

"그는 가지 않는다고 말했네!"

조슬린이 딱 잘라 말했다.

"제기랄, 선장. 당신과 내가 네 시간씩 교대로 불침번을 설 동안 이 돌대가리들은 편안하고 안전하게 타고 간단 말입니다. 그리고 이제 여기 괜찮은 이등 항해사가 있는데……."

"당신들이 화성으로 갈 거라면 서명하겠습니다."

알랜이 말했다.

조슬린은 깊은 경멸감을 담은 눈으로 그를 쳐다보았다.

"화성이라, 틀림없이 가긴 가지. 그럼 서명해. 아편쟁이, 네 더러운 손을 저 젊은 친구한테서 떼고 저 계약서들을 가져가라고."

조슬린은 일어서더니 채워져 있는 잔 하나를 들어 낚아채듯 쭉 마셔버렸다. 그러고 나서 그는 뒷머리에 눈이라도 달린 것처럼 뒤로 손을 뻗어 아까 우주인을 걸려 넘어지게 했던 여자를 잡아당겼는데, 그녀는 고분고분 따랐다. 그는 그녀를 끌어안으며 일부러 알랜을 잊으려는 듯했다. 그런 사실을 아는지 모르는지 그를 쳐다보는 그녀의 눈빛은 꿈꾸는 듯하고 모호했다.

"열다섯을 고용해. 그리고 나머지는 잡아둬. 우린 자정에 끝낸다. 알겠나?"

"물론입죠!"

덩치가 말했다.

조슬린은 여자를 문으로 끌고 나가서 손님을 찾아다니던 어느 택시

한 대를 불러세웠다.

"화려한 옷들을 파는 곳으로."

알랜은 그가 하는 소리를 들었다. 그리고 고개를 떨군 알랜은 자기 이름이 씌어진 계약서 옆의 문구가 눈에 들어왔다.

'하늘의 사냥개 호. 알파 센타우리, 베텔게우스, 다른 기항 항들을 목표로 외계로 향한다.'

그는 창백한 얼굴로 몸을 뒤로 획 뺐다. 그러나 아편쟁이와 그 짝패는 여전히 그를 붙잡고 있었다.

"자, 자. 언젠가는 화성에 갈 거라고."

덩치가 말했다.

"날 풀어주시오!"

알랜이 소리쳤다.

"그럴 수 없어! 당신들은 '기나긴 항해'를 하는 자들이야!"

덩치는 씩 웃었다.

"난 부코 헤일이야, 젊은 친구. 자네가 자포자기하지 않았다면 여기 있었을 리 없잖아. 그러니 기나긴 항해에 절망할 건 또 뭔가. 모르지, 10년이나 15년쯤 후면 돌아와 있을지도. 그건 지구의 시간으로 그렇다는 거지. 자네는 그렇게 많이 늙지는 않을 걸세. 이제 진정해."

"놔줘!"

알랜이 비명을 지르자, 1센티미터쯤 되는 칼이 벌써 그를 벽에다 내다 꽂으려 하고 있었다.

"놓으란 말이야!"

그리고 칼 때문이든 무엇 때문이든, 이제 그의 마음속에는 진짜 분노가 일었다. 그는 로렌츠와 아인슈타인의 상대성 이론 방정식에 대해 모두 알고 있었다. 그는 어떤 우주선이 광속의 99퍼센트에 이르면 어떤 일이 벌어질지 알고 있었다. 그리고 그의 여자는……

부코 헤일이 손을 날려 노련하고 확실하게 그를 쳤고, 아편쟁이는 알랜의 팔과 몸에 가죽 띠를 둘렀다.

"경비대를 끌어들일 필요는 없지."

헤일이 말했다.

"이제 자네들 나머지가 올라가서 서명을 하고 나면 우린 신나는 시간을 가질 거다. 포도주, 여자들과 떼돈, 우리 사내들과 함께 멋지고 길게 역사를 바라보는 거야……"

TO THE STARS

머 나 먼 우 주 에 서 펼 쳐 지 는 시 공 을 초 월 한 모 험 기

제2장

알랜은 자신의 상태가 정신착란을 일으킬 지경이라는 것
말고도 많은 것을 알았다. 그가 아는 것과 두려워하는 것들이 합쳐져
마침내 그의 정신은 펄펄 끓는 악몽의 소용돌이가 되었다.

단단한 금속 침상에 꽉 매인 그는 오로지 그림자들과 머리 위로 떠
다니는 흐린 망점들만 볼 수 있었다. 이것들은 어떤 기호들과 숫자들
로 번지면서 뱅뱅 돌았다.

아인슈타인이 쓴 연구서의 페이지들이 그의 머릿속에서 펄럭거렸
고 아인슈타인이 한 작업의 상징들은 눈앞에서 춤을 췄다. 그가 한때
신기하고 아주 흥미로운 현상이라 생각했던 것을 이제 소름 끼치는

현실 속에서 보고 있었다.

차갑고 냉정한 과학의 손길, 글로 쓰는 건 얼마나 맘 편한가!

'어떤 물질의 속도가 초당 18만 6,000마일에 다가가면 시간은 제로에 가까워진다. 어떤 물질의 속도가 초당 18만 6,000마일에 이르면 그것의 질량은 무한대에 가까워진다.'

사람들은 그것을 아주 오래전에 발견했지만 기나긴 항해를 향한 장애물은 여전히 남아 있었다. 그리고 이제 알랜에게 그 사실은 악몽처럼 분명하게 다가왔다. 시간이 제로에 가까워진다, 시간이 제로에 가까워진다, 시간이 제로에 가까워진다.

초당 18만 마일이면 알파 센타우리로 가는 데 3주일!

"어떤 물질의 질량이 무한대에 가까워지면, 시간은 그 질량에 대해 제로에 가까워진다."

'그 물질' 이 알파 센타우리로 가는 데 3주일이 걸린다!

'그러나 시간은 유한 속도에 불변한다.'

유한 속도! 그것은 지구를 의미했고, 뉴시카고를 의미했고, 그의 아내가 되길 기다리는 여인을 의미했다.

그 페이지들이 알랜의 머릿속에서 펄럭이며 숫자들이 시야 속에서 흐려졌고 가장 모질고 무딘 사내들도 겁먹었듯 그 앞에서 그는 움찔했다. 그는 우주의 추방자들과 부랑자들과 함께 기나긴 항해에 올라 있었다. 그리고 몸이 욱신거리는 걸로 보아 이미 지구의 시계에서 멀리 찢겨져 나와 죽음의 경로로 들어섰다는 것을 알 수 있었다.

알랜이 기나긴 항해의 사람들에 대해 아는 거라곤 신문에 드문드문 실리는 기사, 박물관에서 때때로 열리는 전시회, 상점의 새로운 싸구려 물건이 거의 다였다. 그러나 그는 아직까지 그들과 같이 있는 자신을 돌볼 능력에 대해서는 크게 걱정하지 않았다. 다만 한 여자와의 약속을 떠올리고 있었고 가슴속은 병이 난 듯 뒤틀렸다.

그녀는 기다릴 것이다. 그도 그녀가 기다릴 것이라는 사실을 알았다. 그는 오랫동안 그녀를 사랑해 왔고 어릴 적 이후 내내 그는 그녀의 기사였던 것이다.

뭔가가 팔을 치는 것 같아 흘끗 고개를 돌린 알랜은 얼굴이 불그레하고 온통 잿빛 옷을 입은 사람이 옆에 있는 것을 알고 깜짝 놀랐다.

"안녕! 이제 정신이 든 모양이지? 자자, 진정하라고, 젊은 양반. 사람들이 자네가 이등 항해사가 될 거라고 해서 내가 돌보고 있네. 자네는 이 우주선이 항행하며 소행성들을 비껴가는 것만큼 튼튼해, 안 그런가?"

알랜은 탁한 목소리로 말했다.

"악마한테나 가버려!"

"분명 언젠가는 악마를 만날 테지. 하지만 우리 둘 다 쉽지는 않을 거야. 그 악마는 '제로 시간'으로부터 필요한 만큼 얻을 테니까."

그는 자기 농담이 마음에 들었는지 신이 나서 웃음을 터뜨리고는 되풀이해 말했다.

"악마는 제로 시간으로부터 마음껏 얻는다고."

이 말에 너무나 신나서 그는 뒤로 풀쩍 뛰어 빙그르르 돌았다. 그러고는 바짝 붙어 엄숙하게 알랜을 뚫어지도록 바라보았다.

"나는 스트레인지 박사일세. 도망쳤을 때 마약 따위는 하지 않았겠지?"

"난 도망친 게 아니야! 강제로 여기 있는 거라고!"

"자네를 죽이고 싶지 않아서 묻는 거야. 복합세타세븐은 아편에 안 듣거든. 그거랑 싸우지. 그러고는 환자를 죽여. 난 확실히 하고 싶었네. 어쨌든 자네는 기운을 차리면 3인자가 될 테지. 안됐어. 힘든 일이 거든."

우주선은 내부의 희미한 떨림 말고는 완벽하리만큼 조용했다. 그래서 조슬린이 다가올 때의 발걸음 소리는 아주 분명하게 울렸다. 그는 알랜을 무시했고, 대신에 방 건너편 침대들을 쳐다보았다. 알랜은 이제 자신이 병실에 있고, 혼자가 아니라는 것을 알았다. 다른 열다섯 명이 줄지어 가죽끈으로 묶여 있었다.

조슬린은 그 침대들을 들여다보더니 희미한 경멸을 담아 코웃음을 쳤다.

"너무 형편없군. 하지만 나는 2차 침로 지휘를 위해 전화 담당원이 필요하니까. 한 사람을 깨워. 신속하게."

스트레인지는 재빨리 열성적인 낯빛으로 바꾸어 답했다.

"예예, 선장."

그리고 기구함에서 얼른 주사기를 집더니 한 아이 옆의 남자에게 뻗었다. 그 심각한 얼굴의 당번병 소년은 여덟 살도 채 안 되어 보였다. 그 아이의 머리카락은 짧게 깎여 있었고 입 주위에는 줄처럼 말간 침이 흐른 게 보였으며, 의료 재킷은 어른용이라서 발아래까지 질질 끌렸다.

의사가 침상에 누워 있던 우주인에게 주사를 놓자 그는 동요하기 시작했다.

변명하듯 의사가 말했다.

"이자의 건강은 보장할 수 없겠는데요, 선장. 나는 저들을 최선을 다해 고치려고 하지만 몇몇은 거칠게 저항합니다. 특히 이 젊은이는요."

그러면서 그는 알랜을 가리켰다.

"전혀 매여 있으려고 하지 않아요. 미친 사람처럼 계속 떠들고."

스트레인지를 엄한 눈으로 응시하던 조슬린의 잘생긴 낯이 약간 창백해졌다.

"그러면 자네 어제 취해 있었군."

"제가요? 이런, 선장!"

"자넨 취해 있었어."

조슬린은 분노가 일수록 더 조용히 말했다.

"내가 자네에게 그의 정신은 내버려두라고 했을 텐데! 이 짐승 같은 녀석들에게 무슨 일이 일어나는지는 신경 쓰지 않아. 하지만 훈련받은 머리를 갖고 있는 저 젊은이의 정신은 내버려두라고! 멍청한 놈, 네 터무니없는 최면술로 장난 삼아……."

그는 애써 자신을 달래며 말했다.

"그의 정신은 내버려두게, 박사. 정신 치료든 아니든, 자네는 인간에 대해 배우려면 멀었어."

스트레인지는 허겁지겁 변명하기 시작했지만 조슬린은 그의 말을 끊었다.

"저자의 가죽끈을 벗기게."

조슬린이 말하며 정신을 차린 우주인을 가리켰다.

의사는 재빨리 죔쇠들을 풀기 시작했다. 덫에 걸린 짐승처럼 알랜은 탈출할 수단을 찾아 온 방을 휘둘러보았다. 양끝에 문이 하나씩 있고 옆문이 하나 더 있었다. 옆문에는 비상용이라고 표시되어 있었는데, 손잡이가 육중한 바퀴들이라서 쉽게 열 수 없는 문인 게 분명했다. 알랜은 그것이 우주선에 반드시 존재하는 손상 통제 시스템의 일부가 아닌지 궁금했다. 그리고 그것이 구조선실로 연결될지도 모른다는 생각에 미치자 '만약 그렇다면⋯⋯', 희망이 그의 마음속에서 살랑이기 시작했다.

가죽끈에서 벗어난 우주인 역시 주위를 노려보고 있었다. 그는 금발의 젊은이였는데, 이마를 가로질러 광선에 화상을 입은 흉터가 있고 우주에서는 보기 드문 창백한 피부색이 눈에 띄었다. 그는 5년 동안 금성 운항에 종사했는데, 위험하지만 편해서였다. 한 시간에 1만 마일을 가고, 양쪽 끝의 항구에서는 일주일씩 있었기 때문에 기나긴 항해와는 완전 딴판이었던 것이다. 그의 얼굴에 자리잡기 시작한 가혹한 절망은 그가 그 사실을 얼마나 잘 알고 있는지 보여주었다.

그러나 그는 꾀가 있었다. 그는 선 채로 그들이 맘껏 조사하도록 놔두었다가 묶여 있던 팔다리가 괜찮은지 시험이라도 해보려는 양 허리를 숙였다. 그러고는 양 주먹에 무시무시한 힘을 실어 일어나는 동시에 조슬린의 가슴을 묵직하게 올려쳤고 의사는 가방처럼 한쪽 구석으로 내던졌다. 반은 약 탓에, 반은 공포 탓에 그의 얼굴에는 광기가 타오르고 있었다. 조슬린이 휘청거리는 사이에 우주인은 비상용 출입구를 향해 돌진했다. 그 뒤에는 구조선이 있을 것이다. 그리고 그 너머에는 자유가 있을 것이다.

그의 큼지막한 두 손이 잠금 바퀴들을 움켜쥐고 돌렸다. 하나, 둘, 셋. 그가 네 번째이자 마지막 바퀴를 그러쥐고 있을 때 병실에 광선총의 무시무시한 소리가 울려 퍼졌다.

알랜은 뚫어지게 응시했다. 우주인은 한순간 꼼짝 않고 서 있더니 두 손을 마지막 바퀴에서 떼었다. 그는 우주선의 가속에 휘말려 뒤로 비틀거리다가 기둥을 움켜잡고는 온화하고 변명하는 듯한 표정을 지으며 바닥에 주저앉아 죽어버렸다.

조슬린은 더러운 갑판에서 정신을 차렸다. 그는 세찬 타격 탓에 힘겹게 씨근거렸고, 그가 꺼내 들고 있는 무기 주위에는 이온화된 빛바랜 공기가 마치 그가 연기라도 내뿜는 것처럼 맥동했다.

그는 문으로 가서 잠금 바퀴들을 되돌려 잠궜다. 그 구획실로부터 새어나간 공기를 외계가 탐욕스럽게 빨아들이는 중이었다.

그는 돌아와 총을 권총집에 넣었다.

"다른 놈을 깨우게, 박사."

보물을 지키는 신령처럼 그리고 신경질적으로, 스트레인지 박사는 침상들 끝에 매달려, 여기 있다가 저기 있다가, 바늘을 준비하고, 가느다란 목소리로 침묵을 깨웠다. 그러는 동안 그의 옆에는 턱부터 바닥까지 오는 재킷을 입은 당번병 소년이 엄숙하게 서 있었다.

그것은 흔히 찾아볼 수 있는 일이었다. 이런 기나긴 항해에서는 꼭 필요한 정신 요법 과정으로, 냉혹한 치료였다. 인간에 대해 자상함이란 없었다. 만약 어떤 인간을 우주선에 쓸모 있는 존재로 만들기 위해 그의 정신을 반쯤 빼앗아가야 한다면, 빼앗아갔다. 그의 기억들을 부서뜨리고, 그의 개성을 강탈하고, 그의 저항을 짓밟았다. 낭비할 수 있는 시간이 별로 없는데다, 약들은 싸구려고 승무원들은 귀했으므로 마취 최면은 가장 효과적이고 신속한 방법이었다. 기나긴 항해에 올라 있는 우주선에는 승무원이 결코 정원대로 가득 차는 일이 없었으므로 조종할 수만 있다면 한 사람을 바보로 만드는 것이 가슴속에 반항심을 지닌 완전한 인격체보다 나았다.

선장이 금지 명령을 내렸는데도 불구하고 알랜은 두 번이나 술 취한 듯한 선잠에서 깨어나야 했고 그때마다 그 붉은 낯의 의사가 바로 옆에 있는 것을 발견했다. 한 번은 교묘하게 몸을 여러 번 뒤튼 끝에 팔을 자유롭게 할 수 있었다. 알랜은 스트레인지의 목을 움켜쥐었는데 만약 약이 반쯤 채워진 주사기가 가까이에 있지 않았더라면 의사는 죽었을 것이다.

"적의가 있어서는 아니야."

한참 후에 의사가 어느 환자에게서 돌아와 알랜에게 말했다.

"그리고 자네가 나 때문에 위험할 건 없어."

스트레인지가 웃음을 터뜨렸다.

"나는 자네의 사회와 나이, 10등급인이 어떨지 궁금해. 그리고 내 생각에 자네 머릿속엔 현대 정신 의학에 관한 한두 가지 강의가 숨어 있을 것 같아서 그랬어. 이번에는 취해 있어서 책을 가져올 수 없었거든. 나는 평상시에는 취하는 일이 거의 없는데 항해에서 한 번씩 돌아와 모든 게 바뀌어 있는 걸 보면 술이 마시고 싶어지더라고."

의사는 자신의 표정의 변화를 느꼈는지 알랜의 눈길을 피했다. 그러나 의사는 바로 기운을 되찾아 웃고 있었다.

"사람들은 더 영리해졌어. 예상했던 대로야. 사람들은 점점 더 영악해지고 새로운 것들을 배워. 그러니 자네는 안전해. 사람들이 그 조립 셀 방식 배기 기술을 막 발명했을 때 난 소년이었어. 나는……, 왜 그러나?"

알랜은 절망에 빠져 그를 쳐다보고 있었다.

"당신은 몇 살이죠?"

의사는 어깨를 으쓱했다.

"우주선 나이로 쉰인가, 예순. 벼룩 서커스 호 나이로 말이야. 그건 우주선 속어야. 우리는 우주선을 벼룩 서커스라고 불러."

"태어난 해가 언제입니까?"

알랜이 다그쳤다.

의사는 질문을 피했다.

"이제 자는 게 좋겠어. 하루 이틀 후면 선장이 부를 테니까."

"조립 셀 방식 배기 기술은 3000년, 아니 그보다 더 오래전 거란 말이에요! 몇 살입니까? 우주선 나이로 말고, 지구 나이로요! 몇 살이에요?"

의사는 움씰하는 듯했지만 바로 원래 모습을 되찾았다.

"자네의 지식들에 대해서는 걱정할 필요가 없다고. 사람들이 많은 것을 익혀오기에 자네가 뭘 아는지 알고 싶었을 뿐이야. 나는 아주 참견하길 좋아하거든. 하지만 자네는 이야기를 하지 않으려고 하고, 이제 나도 왜 그런지 알았으니 자네는 충분히 안전하다고. 조슬린한테든 누구한테든. 나는 그에게 이야기할 거야. 사람들은 10등급인이 태어날 때 강화시키는 게 분명해. 그들이 자네를 강화시키기 이전에는 지각할 수 있는 시기가 없거든. 자네는 최면 암시에 걸리지도 않고 대답하려 하지도 않아. 나는 조슬린에게 이야기해야 해. 그는 깜짝 놀랄 거야. 아주, 아주 흥미로워. 자네를 데려오느라고 그 말썽을 피우면서 그들이 자네를 점찍은 이유 말이야. 10등급인은……."

"이봐요."

알랜이 말했다.

"사교에 관한 기본적인 강의 말고 당신네 분야에 관해 훈련받은 것은 전혀 없어요. 귀족 태생의 아이들은 모두 강화된다는 사실 이상은 아무것도 모른다고요. 나는 훈련에 의한 기술자이고, 다리를 짓는 것과 정신을 파괴하는 것은 다른 거라고요. 날 내버려둬요."

그는 흠집 있는 벽 쪽으로 얼굴을 외면했다.

기나긴 항해를 통해 외계로, 별들을 향해 외계로. 그는 떠돌이 우주선의 속도가 얼마인지, 그리고 이것이 얼마나 광속에 가까이 갈 수 있는지도 몰랐다. 만약 94퍼센트에 이를 정도로만 간다 해도 여전히 이 하늘의 사냥개 호의 시계가 똑딱거리며 지나가는 매 순간마다 지구에서는 수백 초가 지나갔다는 것을 뜻했다.

'만약 이 사냥개 호가 알파 센타우리로 향하는 경로에서 6주를 보냈다면, 지구에서는 9년이 지났을 것이다.'

'어떤 물질의 속도가 광속에 다가갈수록, 시간은 제로에 가까워진다.'

그것이 그의 선고였다. 냉혹한 방정식, 냉정한 수학, 그러나 그것은 알랜 코다이에게는 영원한 선고였다.

알파 센타우리까지 가는 항행은 그들이 할 수 있는 가장 짧은 여행이었다.

다음에 그의 가족과 친구들을 보았을 때 그들은 얼마나 늙어 있을까? 얼마나…….

TO THE
STARS

머 나 먼 우 주 에 서 펼 쳐 지 는 시 공 을 초 월 한 모 험 기

제3장

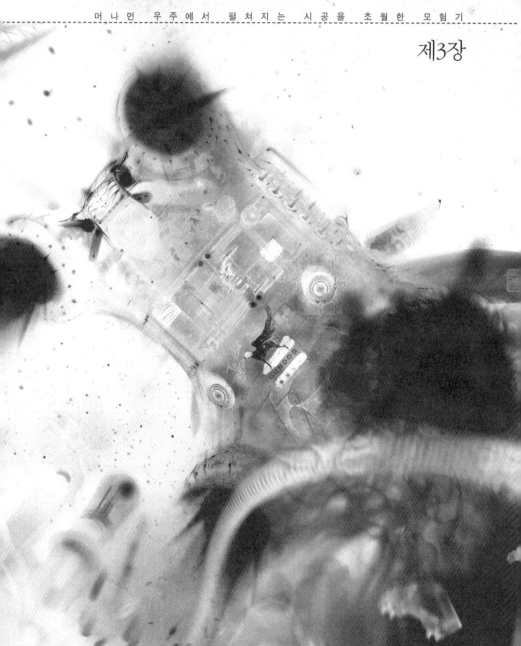

열네 살짜리 소녀가 초조하고 겁에 질린 두 눈을 하고 병실 안으로 가만가만 들어갔다. 소녀는 말을 하려고 두세 번 애쓰더니 단숨에 토해냈다.

"선장이 안부 인사를 전하며 함교에서 알랜 코다이를 원하니 서두르는 것이 좋을 거랬어요."

소녀는 허겁지겁 말을 내뱉고 조용해졌다. 스트레인지는 자기의 좁다랗고 흰 책상에서 일어나 서둘러 환자를 묶은 끈을 풀기 시작했고 그러는 사이에 신나게 떠들어댔다.

"일이 어떻게 돌아가니, 스누저? 너는 항상 최신 뉴스를 갖고 있잖

아. 어디로 향하고 있는 거야? 사탕과자를 좀 줘야 하나?"

"선장이 저더러 말하지 말랬어요."

"코냑봉봉은 어때?"

스트레인지가 말했다.

소녀는 꿀꺽 침을 삼키고 의사에게 시선을 빼앗겼다. 의사는 먼저 한쪽 발에 힘을 실고 서 있다가 소녀가 쳐다보자 다른 발에 힘을 실었다.

"코냑봉봉 두 개. 스누저는 선장의 심부름꾼이지."

스트레인지는 알랜이 기운을 차리도록 도우며 설명했다.

"두 개요?"

스누저가 머뭇거리며 한 손으로 입을 훔쳤다.

알랜은 불안정하게 일어섰다. 소녀는 아주 예뻤는데, 세수를 하고 머리를 빗으면 좀 더 예뻐 보일 것 같았다.

스트레인지가 알랜을 뚫어지게 쳐다보았다.

"이제 착하게 행동할 거지?"

그러고는 침묵을 대답으로 받아들였는지 책상으로 걸어가 서랍을 열었다. 그가 사탕과자 상자 한 통을 꺼내어 덮개를 막 벗기려는 순간 소녀는 간신히 마음을 다잡았다.

"아뇨. 곧 충분히 알게 될 거예요."

소녀는 사탕과자를 뚫어지게 쳐다보다가 갑자기 팔목 위의 멍을 깨닫고는 그것을 쓰다듬기 시작했다. 그녀는 몸서리치는 듯 한숨을 내뱉고는 내밀어진 상자를 포기했다.

알랜이 따라오는 것을 확인하자 소녀는 문간으로 쏜살같이 되돌아갔다. 그리고 마지막으로 미련이 남은 눈길을 사탕과자에다 던지고는 사다리 위로 그를 이끌었다.

알랜은 마음을 다잡았다. 그는 줄곧 조슬린에게 뭐라고 말해야 할지 생각해 왔고 닥쳐오는 대담의 시간 때문에 숨과 걸음이 빨라졌다.

소녀는 앞장 서서 뛰어가다 가끔 멈추어 그가 계속 따라오고 있는지 확인했다.

알랜은 소녀를 따라가면서도 그의 두 눈은 구조선을 찾아 탐색하고 있었다. 그는 우주 구조선이 지구까지의 짧은 거리를 운행할 수 있다는 것과 자신이 그 구조선을 다룰 수 있다는 것을 잘 알고 있었다. 그러나 가면서 많은 것을 봤지만, 에어로크 설비 표시는 전혀 발견할 수 없었다.

그가 온통 구조선에 마음이 빼겨 있는 탓에 우주선 내부의 세부 모습들은 뇌리에 남은 게 별로 없었다. 그는 이 우주선을 아주 일시적인 형무소로 보고 있었기 때문에 거의 관심이 없었지만 막연하게 복잡한 우주선이라는 생각은 들었다. 다중 갑판으로 이루어진 이 우주선은 모든 공간을 구석구석까지 다 활용하고 있었고, 게다가 아주 기묘한 승무원들을 싣고 있었다.

알랜이 본 사람들은 모두 비번이었다. 그가 지나는 길이 모두 침대 칸과 식당이었기 때문이다. 그를 가장 놀라게 한 것은 아이들의 숫자였는데, 몇십 명의 아이들이 갑판에서 뛰놀거나 침상에 누워 있는 것을 봤기 때문이다. 한 여자가 알랜을 흥미롭게 바라보더니 그가 지나가자 옆 침상에서 꾸벅꾸벅 조는 남자에게 뭐라고 말했다.

식당에서는 카드놀이가 한창이었고, 한 무리는 어느 늙은이의 이야기를 듣느라 정신이 쏙 빠져 있었다. 알랜은 남자보다 여자가 더 많다는 사실을 흥미로워하다가 마침내 우주선 승무원의 반은 어딘가에서 임무 수행 중이라는 것을 깨달았다.

식당에서부터 갑판 승강구 계단이 위로 향해 있었는데 여기서 스누저는 다시 멈춰 서서 알랜을 기다렸다. 소녀의 머리 위 팻말에 '함교 지역' 이라고 씌어 있었다.

알랜이 지혜를 모으느라 잠깐 멈춰 섰을 때 문득 뒤에서 어떤 존재가 느껴졌다. 그것은 그 싸구려 술집에서 그를 붙들고 있던 비쩍 마르고 창백한 아편쟁이였다. 그리고 알랜은 자신이 내내 말없는 감시인을 달고 왔다는 것을 알았다.

"가지."

아편쟁이가 말했다.

알랜은 사다리를 타고 올라갔고, 두꺼운 이중 현창을 통해 우주의 어둠과 타오르는 별들을 멀거니 바라보았다.

"저기요."

스누저가 겁에 질린 채 속삭여 말했고, 알랜은 돌아서서 문을 열었다.

차트실은 옛날 양식으로 꾸며져 있었는데, 항로의 제도를 위한 천체의(天體儀) 하나와 입체 차트들을 위한 보관 상자들, 계산을 위한 선반 하나와 자석 다리가 있는 두 개의 의자가 있었다. 조슬린은 헬멧을 올려 뒤로 한 채, 흰 셔츠는 목까지 열어젖히고, 한 쌍의 컴퍼스를 가지고 하는 일 없이 패드에다 구멍을 내며 앉아 있었다.

알랜의 입에서 말이 억수같이 쏟아질 태세였지만 조슬린이 올려다보지도 않은 채 말을 꺼냈고, 그런 모습은 효과적으로 더 어린 사내를 침묵시켰다.

"알랜 코다이 군, 자네의 의무를 알려주기 위해 오라고 했네. 그 의자에 앉아서 입 다물고 듣게. 자네가 알아야 할 게 많아."

알랜은 망설이다가 화를 내며 말했다.

"조슬린 선장, 당신은 내가 굉장히 많은 일을 하리라고 기대하는 모양인데 나는 그럴 생각이 없소. 당신이 내 동의도 없이 나를 잡아다 썩어빠진 삶으로 집어넣었소. 당신은 자신을 법보다 아주 대단한 존재로 여기는 것 같소. 하지만 더 큰 문제가 되기 전에 내가 경고합니다. 우리가 들를 첫 번째 기항지에서 관계 당국이 나를 찾아내 납치범으로 당신을 고발할 거요. 나는 그럴 의도가 없어요."

알랜을 올려다보는 조슬린의 입이 일그러졌다.

"자네는 바보로군, 알랜. 앉게."

알랜은 뻣뻣해졌다. 그는 비웃음이나 경멸, 그리고 그의 성질을 돋우는 저 남자의 표정과 어조에 익숙하지 않았다. 탁자 위에는 선장의 총과 허리띠가 펜과 지도들 사이에 똘똘 뭉쳐진 채 놓여 있었다. 알랜은 더 창백해진 얼굴로 앉으려는 척하다가 잽싸게 손을 뻗어 총의 개머리판을 낚아챘다.

바로 그때 끝이 날카로운 컴퍼스가 날아들어 알랜을 찔렀다. 그것은 뼈와 근육 사이를 꿰뚫고 알랜의 손을 지도판에 꽂았다. 거침없이 관통한 컴퍼스 끝은 2센티미터쯤 나무에 박혔다.

고통에 신음하며 알랜은 자유로운 다른 손으로 조슬린을 치고 박힌 손을 비틀었다. 조슬린은 그 주먹을 피하고 되받아쳤다. 알랜은 비틀거리다가 풀썩 주저앉았는데 컴퍼스에 옴짝달싹할 수 없게 된 손만 들고 있었다.

"알랜, 자네는 알아야 할 게 많다고."

조슬린이 말했다.

그는 한순간 다른 표정으로 알랜을 쳐다보았다. 희망이 담긴 눈빛으로, 긴장이 풀려 느즈러진 젊은이의 얼굴을 유심히 뜯어보았다. 그러고 나서 그는 컴퍼스를 비틀어 빼고 손을 내밀어 알랜이 의자에 앉도록 도와주었다.

잔뜩 찌푸린 알랜은 손수건으로 피 흘리는 손을 감았다. 총의 개머리판은 아직도 알랜을 향해 뻗어 있었고 종종 그의 두 눈이 그쪽을 향해 깜박였다. 조슬린이 말했다.

"자네는 젊어. 그래서인지 자유에 관해 마음속 가득 낭만적인 허튼 생각을 갖고 있어. 물론 자네는 그 보잘것없는 관심사들이 중요하다는 생각뿐이겠지. 내가 이보다 더 나쁠 수도 있는 상황에서 자네를 구해줬는데도 보상도 없이……. 자네는 멍청이야. 자의식이 강하고, 비현실적이고, 경험 부족에다, 소화되지 않은 지식으로 가득 차 있는 자네에게 명예롭게도 책임 있는 지위를 제안하고 있는 거야. 그리고 자네에게 주는 내 조언은 그걸 받아들이라는 거지."

알랜은 그를 노려보았다.

조슬린은 어수선한 지도 뭉치들 쪽으로 손을 뻗었다.

"자네는 10등급의 엔지니어지. 자네는 우생학적인 관점에서 두뇌 때문에 선택된 거고 제국 건물을 위해 훈련받았다. 아마도 자네 가족은 돈을 잃은 모양인데, 나는 자네 세대에서는 그런 상황에 너그럽지 않는다는 걸 알지. 자네는 돈이 필요해, 안 그런가? 우리는 단기간 순항으로 외계별로 향하고 있지, 몇 주 간."

"명예롭게, 거짓말은 하지 마시오."

알랜이 말했다.

"그렇게 말하는 자네는 뭔가 아는 모양인데?"

"아주 많이."

"모르면서 괜히 많이 아는 척하는 것 같은데. 가장 최근에, 학교에서 배운 게 뭐지?"

"그것이 무슨 상관이오?"

조슬린은 그를 경멸의 눈으로 쳐다보았다.

"알랜, 자네는 이 기나긴 항해의 운명을 내가 즐긴다고 생각하나? 아니면 이 우주선에 탄 누구라도 즐긴다고 생각해? 우리가 이 형벌이 영원히 계속되길 바란다고 생각하냔 말이야. 이런 우주선에 사는 사람들은 나라나 사회에 대해, 소유에 대해, 아무런 소망이 없다고 믿을 만큼 멍청한가?"

"우리가 어떤 사람들인지 알아?"

조슬린은 갑작스런 분노에 차 외쳤다.

"추방자들, 부랑자들이지. 우리가 땅에 내렸다가 몇 주 간을 사라졌다 돌아와 보면, 우리가 남기고 떠난 모든 걸 세월이 약탈해 간 것을 발견하게 돼. 표준 50광년의 여행이, 지구에서는 100년일 수 있는데 100년 동안 얼마나 많은 일이 벌어지겠나, 알랜? 우리는 기나긴 항해에서 몇 주 간 나이를 먹지만 지구와 은하계는 몇십 년을 먹어. 그러니 누가 우리를 원하겠는가? 우리가 돌아가면 누가 거기에 있을까? 정부가 뭐? 기술이 어쨌다고? 우리는 우리에게 일을 맡겼던 자들의 후손들에게 저 별들로부터 부를 가져다 줘. 우리는 매 여행마다 고대인들보다 더 오래된 말로 이야기해. 그러니 우리의 지식은 아무 쓸모도 없고 어떤 사회에서도 우리는 적응할 수 없기 때문에 굶주릴 수밖에 없어. 그래서 다시 외계별로 향하는 거야. 나라가 없는 게 어떤지 아나, 알랜? 민족이 없는 게? 집이 없는 것이? 누가 우리에게 일어나는 일을 신경이나 쓰겠어? 우리는 우주선이라는 이 작은 지옥을 가졌지. 기나긴 항해에 구속된 다른 우주선조차도 우리의 친구가 될 수 없네. 우리는 때를 놓쳤고, 어디에도 조화되기 어려워. 그러니 우린 아무것도 아닌 거지!"

조슬린은 잠시 숨을 고르고 다시 말을 이었다.

"우리가 뒤에 남기고 떠난 게 뭐였든 이 세월들이 무너뜨리고 파괴하는 것을 보는 즐거움을 자네라면 원하겠는지 생각해 보게. 그건 무의미한 볼거리야, 알랜. 우리는 미움받으며 아무 데도 속해 있지 않아."

조슬린은 이야기하는 내내 서 있었고 그의 얼굴은 긴장 탓으로 더욱 하얘졌다. 그는 뒤에 있는 캐비닛에서 병 하나를 꺼내오더니 무너지듯 자리에 앉았다. 그는 잔에다 술을 넘치도록 따르고는 접힌 종이 속에 담긴 무슨 가루를 거기에다 부었다. 그는 맛없게 들이켜고 나서 잔을 되돌려 놓았다.

"현재 마지막 시간 방정식은 뭔가, 알랜 코다이 군?"

알랜은 이 인물의 다른 모습에 혼란스러웠고 이제 그의 것인 그 운명의 생생한 묘사에 압도당했다. 그러나 자신에게 저질러진 일에 대한 복수로서 그가 해야 할 말의 잔인함을 즐길 수는 있었다.

"새로운 시간 방정식은 없어요, 조슬린 선장."

오랜 침묵이 흐르고 나서 조슬린은 마치 아무 일도 없었다는 양 한 다발의 차트 변동표들을 집어 들고 손가락으로 지적하기 시작했다.

"알랜, 만일 자네가 다음 세 달 내지 네 달 동안 충실하게 의무를 수행한다면, 한밑천 가지고 지구로 돌아갈 걸세. 지구 시간으로 50년이 덜 지났을 수도 있어. 자네는 교육받은 사람이지. 이 우주선 위에는 매우 낡은 것들이 많고 자네의 보다 새로운 기술로 고칠 수 있는 게 많아. 하늘의 사냥개 호는 아주 오래된 우주선은 아니야. 우주선 시간으로 60년이 안 되었으니까. 당시에는 아주 잘 고안된 우주선이었지만 그건 2000년 전 일이지. 자네는 여기 있고, 그건 피할 수 없어. 자네의 상황을 최대한 잘 이용하라고 충고하는 바일세."

알랜은 저 어두운 천공과 타오르는 별들을 처량하게 쳐다보았다. 그는 알고 있었음에도 정신이 아득했다. 50년. 50년. 그의 여자는 그때 얼마나 늙어 있을까?

그럼에도 그녀는 기다리고 있을 것이다.

망연자실하여 알랜은 의자에서 일어섰고 길을 더듬으며 사다리를 내려갔다. 그는 한 번 몸을 돌려 쳐다보았다. 조슬린 선장은 가득 차게 부은 술에다 무슨 종이 속에 든 것을 털어넣고 있었다.

TO THE STARS

머나먼 우주에서 펼쳐지는 시공을 초월한 모험기

제4장

알랜은 이등 항해사 선실에 앉아 듀스에게 무감각한 표정으로 귀를 기울이고 있었다. 그의 앞 책상에는 이 우주선의 종합 설계도가 펼쳐져 있었는데, 바퀴벌레에게 수없이 씹혀먹혀 나타난 다양한 변화와 더러운 연필 자국들로 덕지덕지 뒤덮이고 본떠져 희미했다.

듀스가 말했다.

"보다시피, 우주선은 매 여행 때마다, 아니면 두 번마다 조금씩 개조를 해왔어. 시간을 따라잡는 데 필요한 일이야. 우주선이 기항지에 도착할 때마다 매번 시대에 뒤쳐지거든. 만약 운이 좋아서 악마들이 전쟁으로, 음, 지구를 둘로 찢어놓지 않았거나, 독재자가 없거나, 선창들에서 평범한 고생만 한다면 몇 가지를 바꿀 수 있는 거지."

그는 작은 체구로, 몸무게 면에서 보면 이상적인 우주인이었다. 턱은 담배 때문에 불룩했고 두 눈은 이야기에 집중하느라 튀어나와 있었다. 그는 담배 즙을 삼켰다. 모자에는 '기술 부장'이라고 씌어 있었던 것 같은데 빛바랜 금박이 다 뭉개져 있고 검은 무명 바지에는 하얗고 때 탄 글씨로 '화성 소녀'라고 씌어 있었다.

"그러니 이 늙은 숙녀는 이렇다 할 만한 파손은 없어."

그는 말을 이었다.

"나, 나로 말할 것 같으면 정말 유용한 사람이야. 웬만한 사소한 고장은 어떤 거라도 고칠 수 있어. 하지만 이 일이 전공은 아니야. 재주가 부족해서. 그러니 이 우주선에 내가 무슨 해를 끼치거나 하지는 않아. 지난 여행 때 분석(噴石)들이 지나가며 모르는 사이에 상갑판을 태우는 바람에 이틀간 아이스박스에서 일해야 했어. 아이스박스란 '바깥'을 말하는 거야. 그래서 갑판 건설 인력이란 게 도대체 뭔지는 모르겠지만 내가 보기에는 당신이 돌보고 고쳐야 할 장치들이 많을 것 같아."

알랜은 그 설계도들을 멍청히 바라보았다. 그는 듀스가 뭐라 지껄이든 반밖에 듣고 있지 않았다.

"이 우주선이 나쁜 배라서가 아니야. 이 기나긴 항해 동안, 음, 더 나은 배는 찾아보기 어려울 거야. 겉모습 멋지지. 잘 보호되지. 단단하지. 이 우주선에 감마선이 투과하는 것을 막기 위해 처음 금속을 쏟아 부은 것은 사오백 년 전이야. 그리고 그 사람들은 우주선을 철저하게 만들었지. 짐칸들도 막힘 없고, 대단해! 그들이 우주선의 모든 것을 만들었다니까. 군용으로 만들어서 시키는 대로 말을 듣는데다가 그들은 우주선 주위에다 무기 설치대를 두었어. 그리고 그 당시 뱃머리에서는 굉장히 많은 신호 광선들을 뿜어내곤 했다더군. 상상해 봐. 장군들이 이 우주선의 함교를 걸었다고 하더라고. 그리고 나서 이 배는 알파별로 원정을 떠났어. 그게 누군지는 모르겠는데, 관리 말로는 우주선이 젊은 배였을 때 일어난 일이래. 어쨌든 그들의 애인은 돌아왔을 때 퇴물이 되어버렸지. 우주선이 알파별을 지나쳤고 승무원들의 반이 죽고 나머지 사람들은 폭동을 일으켰어. 그리고 지구 시간으로 50년이 지났지만 나이는 다섯 살밖에 안 먹었지. 그리고 누군가가 말도 안 되는 쥐꼬리만한 가격에 우주선을 샀어. 대신에 비싼 드라이브를 설치하고 기나긴 항해를 향해 준비한 다음 그들은 알파별을 향해 다시 원정을 시도했어. 그들의 셈으로 9년이 지났고 운 좋게 돌아왔어. 하지만 무슨 일이 벌어졌는지 알 거야. 알파별은 아무것도 없었는데, 탐욕은 그들을 더 멀리 데려간 거야. 승무원들이 고향 사람들에게 돌아와 보니 그들을 못 알아보더라 이거지…… . 이런, 우린 그 이야기는 안 하려고 하는데. 하지만 당신은 우주선이 어떤 궁지에 빠져 있는지 알 거야."

그는 씹던 담배를 뱉어내고 주머니 속에 간직해 놓은 벌레 끓는 씹는 담배에서 또 한입을 물어뜯었다. 담배를 씹기 시작하면서 그는 옹골진 손가락으로 조종 일람표들을 가리켰다.

"사람들 말로는 지구 시간으로 2000년간 이런 걸 세운 적이 없고 우주선은 딱 한 번 개조되었다는군. 저건 당신 분야지, 알랜 코다이 씨. 칸막이벽들이랑, 현장(舷墻, 파도가 덮쳐오는 것을 막기 위해 뱃전에 설치한 장벽 : 옮긴이)하고 조종기. 함교 기계들과 통신기들. 당신은 해야 할 일들이 태산이야. 하지만 제일 먼저 시작해야 하는 건 조종기야. 지난 여행에 우리는 무시무시하게 내던져져 리길 켄타우르스(알파 센타우리의 별칭 : 옮긴이) 별의 대기에 충돌했지. 물건들이 들고 일어났어. 그러니 일을 서둘러 주면 사람들이 잘한다고 좋아할 거야."

듀스는 한 잔 주길 기대하는 눈길로 책상 위에 놓인 알랜에게 할당된 술병을 쳐다보았다. 그러나 그 뜻이 제대로 전달되지 않는 것 같자 의자 팔걸이에서 다리를 흔들다가 마침내 일어섰다.

"계산이 끝나면 용접공을 두어 명 올려 보낼게."

듀스는 불편한 심기로 알랜을 쳐다보았다. 알랜이 지금까지 정말 자신의 이야기를 듣고 있었는지 의심스러웠다.

듀스는 어깨를 한 번 으쓱하더니 한마디 던졌다.

"흠, 행운을 빌어."

듀스가 가버리고 좀 더 시간이 흐르고 나서야 알랜은 그가 더 이상 거기에서 떠들고 있지 않다는 걸 깨달았다. 이것이 태곳적 설계도들이라니. 그러나 그것들도 이 우주선 나이로는 불과 오륙십 년 전에 그려진 것이었다. 철자들은 너무나 오래되어서 해독하려면 언어학자가 필요할 지경이었다.

알랜은 문득 문에 누군가가 서 있는 것을 깨닫고 놀라서 올려다보았다. 그녀는 거기서 한동안 서 있었는데, 침착하게 별로 움직임 없이 그를 쳐다보는 중이었다. 그녀의 눈빛은 부드러우면서도 약간 놀리는 눈빛이었다. 그는 싸구려 술집에서 본 여자였다.

그녀는 새 옷을 입고 있었는데, 원래는 옷이 숨겨주기 위한 것들을 보여주려고 디자인된 옷이었다. 그는 순식간에 그녀를 머리끝부터 발끝까지 훑어보았다. 그녀는 많은 것을 알고 있었고 사랑스러웠다. 그 역시 그 사실을 금방 알아차릴 수 있었다.

"안녕."

그녀가 말했다.

알랜은 예의상 일어섰다.

"나는 루크예요. 당신은 선장의 새로운 항해사군요. 저런, 사람들이 도대체 당신에게 얼마나 우리같이 형편없는 방을 준 건가요? 갑판 예순 개가 온통 북처럼 비어 있는데."

그녀의 향수 냄새가 그에게 미치자 돌연 쿡쿡 쑤시는 그리움이 그를 엄습했다. 치자나무들과 야구와 뉴시카고.

"당신 침대에는 침대보 한 장 없군요. 가엾어라. 거기 있어요, 돌아올 테니."

알랜은 선 채로 거기 머물러 있었다. 두 눈은 그가 지구에 남겨둔 것을 향했고, 가슴은 변덕스럽게 고동쳤으며, 머리는 불운한 재앙 이후로 거의 쉴 새 없이 그랬던 것처럼 또다시 소용돌이쳤다. 치카를 다시 보게 될 때 그녀는 얼마나 늙어 있을까? 얼마나…….

그녀는 기다리면 안 돼! 그러면 안 된다. 그러나 그녀는 2년 동안은 행복할 터이고 희망에 차 있을 것이다. 그러고 나서 3년 동안은 약간 걱정할 것이다. 그리고 마침내는 그가 죽었다고 추측할 것이다. 그 기나긴 항해는 결코 그녀에게는 일어나지 않을 것이기 때문이다. 그 항해에 대해서는 그렇게 잘 알려져 있지도 않았다. 돌아가는 우주선들은 한 줌에 지나지 않았고 새로운 우주선들이 이 기묘한 교역에 합류하는 일도 드물었다. 그녀는 기다리면 안 된다. 그런데도 공포는 그녀가 기다릴 것이라고 그에게 말하고 있었다. 그리고 세월들은 지나갈 것이다.

루크가 독한 술을 알랜에게 따랐다.

"이제 당신에게 할당된 양식을 소홀히하면 안 돼요. 그건 사람이 계속 나아가도록 해주죠. 생각하지 않도록 해주고. 생각하고 싶지 않을 거예요, 순진한 양반. 왜 생각하나요? 우주는 넓어요."

그는 그 호박색 액체를 쳐다보았고 그녀가 그의 뒤에서 이야기하며 침상을 정리하는 걸 보았다. 그러고 나서 고개를 들었다가 조슬린을 보았다.

조슬린이 거기 있는 것이 이상할 건 하나도 없었다. 이것은 함교에서 오는 하나뿐인 계단이었기 때문이다.

"열심히 일하는군, 알겠네."

조슬린이 말했다.

알랜은 부루퉁해서 서 있었다.

"자, 예쁜이. 내가 알랜에게 할 말이 한두 가지 있어."

조슬린이 말했다.

여자는 천천히 침상 정리를 끝내고서 알랜에게 지루한 표정을 지었다.

"사람들한테 착취당하지 마세요. 뭔가 원할 땐, 큰 소리로 이야기하고 조치를 취하라고요. 저이가 당신이 사령부에서 세 번째라고 말하지 않았나요?"

조슬린이 그의 허리띠를 잡아챘다.

"알랜, 관리들이 지내는 곳이 편안한지 돌보는 것은 내 여자의 의무 중 일부야. 그녀는 많은 특권들을 갖고 있지. 하지만 지나치게 편안한 건 안 돼, 알랜."

알랜은 머리카락 뿌리까지 달아올랐다.

조슬린은 여자를 통로의 계단으로 보내며 말했다.

"그리고 사령부에서 세 번째는 아닐세, 알랜. 그것은 일해서 얻는 것이고, 자네는 아직 얻지 못했어. 갈까, 예쁜이?"

조슬린은 통로를 따라 자기의 처소까지 여자를 호위했다. 그들의 문이 큰 소리를 내며 닫혔고 침묵이 감돌았다.

알랜은 그들이 가는 것을 지켜보러 문 밖으로 나섰다가 뒤에서 들리는 중량감 있는 목소리에 깜짝 놀랐다.

"저런저런, 애야. 너 그걸 건드렸구나."

그는 돌아서서 한 여자를 보았다. 그녀의 몸은 육중했다. 심지어 장대하기까지 한 그녀는 잘 차려입었으며 진주를 꿴 줄들을 목에 두르고 있었다. 목소리는 쉰 듯했는데, 아마도 시가 때문인 듯했다. 아까부터 검은 엽궐련에서 동그랗게 피어 올라오는 연기가 그녀의 얼굴 주위를 돌돌 감았다. 그녀의 하얗고 뚱뚱한 육체가 굽이치는 연기 속에서 열을 올리고 있었다. 그녀는 나이가 많아 보였지만 눈빛은 젊고 목소리에는 요염함이 묻어났다. 알랜은 진저리를 쳤다.

"우리 옛날 이등 항해사에게 무슨 일이 일어났을지 스스로에게 한 번 물어보라고, 알랜 코다이 군. 그러고 나서 어떻게 처신할지 잘 생각하라고. 너무하는군, 들어오라는 소리도 안 하고."

"아, 어서 들어오세요."

알랜이 재빨리 말했다.

그녀는 알랜의 의자에 자리를 잡았고, 그가 마시다 만 음료를 들어올리며 교활하게 그를 쳐다보았다.

"배울 게 많은가 보네, 알랜."

"그래서 사람들이 나한테 이야기할 시간을 찾죠."

"하긴 그건 정말 사실이지. 저런 여자한테 뭘 원하지? 남자가 원하는 게 뭔지 알려면 경험을 해봐야 해. 많은 경험을, 알랜. 아, 따라놓은 이 술은 정말 맛없다! 마르비에게 네 입맛에 좀 더 편안할 뭔가를 가져오라고 해야겠어. 마르비는 내 친구야. 모두 내 친구들이지, 알랜. 외과 의사들이 정신을 빠뜨리고 봉해놓은 저 사람들조차도 말이야. 도대체 내가 누군지 궁금해하고 있는 것 같은데."

"솔직히, 그렇습니다."

"이런, 솔직히, 나는 퀸이지. 이번 여행에 벼룩 서커스 안에는 120명의 사람들이 있어. 하지만 퀸은 하나지."

"우주선의 어느 신사 분과 결혼하셨다는 말씀인 것 같은데?"

그녀는 웃고 또 웃고는 그를 쳐다보았고, 그러고 나서 다시 웃었다. 그런 다음에 술병에서 독한 위스키를 한 잔 따라 홀짝거리며 말했다.

"아아, 거참 재미있네. 그렇게 생각할 사람이 어디 또 있을까."

"제가 그렇게 익살맞은 줄은 몰랐는데요."

알랜이 말했다.

"넌 익살맞지 않단다, 얘야. 단지 약간 풋내기일 뿐이지. 우주에서 전복이라는 게 뭔지 아니?"

그녀는 점점 차분해졌고 잠깐 동안은 심각했다. 무미건조한 목소리로 그녀가 말했다.

"나는 한때 남자가 있었지. 진짜로 결혼했다니까. 하지만 그는 우주선 햇수로 10년 전에 죽었어. 제리 본. 제리 본에 대해 들어본 적 있어? 아닐 거야. 그건 네가 태어나기 몇백 년 전이니까. 선장, 그러니까 '왕의 사자 호'의 선장이었어. 지구에서 금성으로, 금성에서 지구로. 그리고 나서 그는 자기에게 맞지 않는 것을 가졌지. 백만 개의 금을 말이야. 그러고는 기나긴 항해를 떠났어. 글쎄, 저승사자가 그와 같이했을 거야. 그건 끝났고 지난 여행에서 나는 그의 무덤조차 찾을 수 없더구나. 그 위에는 도시가 있었어. 시가 있니? 없어? 마르비더러 너에게 시가를 좀 갖다 주라고 해야겠군. 그는 형편없는 요리사지만 내 친구야. 모두 내 친구들이지. 그리고 너 역시, 알랜. 이제 일 보려무나."

알랜이 말을 꺼냈다.

"저는 확실히……."

"아아 아니야, 너는 그렇지 않다, 얘야."

그리고 앞으로 갑자기 나서서 통로를 아래위로 흘끗 보고는 문을 닫았다. 남루한 방이기는 해도 책상 하나와 그림자 진 구석도 좀 있었다. 그녀는 마이크로폰이 설치되어 있지 않은 것을 확인했다. 그러고 나서 빠르고 나지막한 소리로 말하기 시작했다.

"얘야, 너는 상태가 안 좋아. 안다. 그리고 여기 있겠다고 요청하지도 않았지."

"요청하지 않았죠."

알랜이 따라 말했다.

"얘야, 네가 우리에게 있는 첫 번째 기회다."

기대감으로 터질 듯한 전율이 우지직 소리를 내며 그를 훑고 지나갔다.

"너는 아직 조슬린을 몰라."

그녀가 쉰 소리로 말을 계속했다.

"너는 알고 있다고 생각하겠지만 사실 몰라. 그는 타락했어. 철저히 타락했다고. 그 잘생긴 얼굴 뒤에는 유황이 타오르고 있어. 우리 중에 소수만이 자신의 선택으로 여기 있는 거야. 하지만 우리는 기회가 없었다."

"무슨 소리를 하시는 겁니까?"

그녀의 나지막한 어조에 맞추어 그가 물었다.

"시간 낭비하지 말자구나, 얘야. 집에 가고 싶니?"

"가고 싶습니다!"

"좋아. 너는 10등급인이야. 법정에서 많은 것을 맡을 수 있지. 너는 지나온 지구에 아직 건재한 시대에 속해 있어. 그리고 교육을 받았으니 우주선을 조종할 수도 있지. 출발할 때 너는 우리를 위해 그 능력을 발휘할 수 있어."

"기다려요. 나는 지나온 지구에서 아무런 힘도 없어요. 내가 귀족인 건 맞아요. 하지만 돈이 없으면 지위도 없는 거나 마찬가지입니다. 당신은……."

"맙소사, 저 돈을 가져가렴. 이 늙은 배 안에는 수백만 달러가 굴러다녀. 돈은 우리에게 아무 의미도 없어, 우리 누구에게도. 이 진주들이 보이지? 10만 달러의 가치는 있어. 글쎄, 상태가 안 좋기는 하지만 사실이야. 그리고 우리 대부분은 이런 것에 넌더리가 나 있어. 우리는 돌아가길 바란다. 더 이상 이 금속의 벽들 속에서 살지 않기를, 기회가 있기를 바란단다. 그리고 너는 우릴 도와야 하고."

"그건 폭동이에요!"

"그런 흉한 말로 부르고 싶다면 그러렴. 이 기나긴 항해에는 선장 말고는 법이 없고 선장들은 왔다가 가지. 그들은 왔다가 간다, 얘야. 내 말을 이해하겠니? 그리고 기나긴 항해에서 보내는 길은 단 한 가지뿐이야."

"살해를 뜻하시는 거라면."

"더 끔찍한 말이군. 마음대로 부르려무나. 하지만 너는 총알을 맞고 싶지는 않을 거야. 안 그래?"

그는 망설였다.

"바보같이 굴지 마라!"

그녀가 쉰 목소리로 말했다.

"너는 집에 가고 싶어해. 그리고 널 기다리고 있는 소중한 여자가 있어. 내 장담한다."

"제가 뭘 해야 합니까?"

"좀 낫군."

그녀는 뒤로 주저앉아서 뚱뚱한 다리를 포갰다.

"너는 아직 이 우주선을 자유자재로 다룰 수 없고 임시변통으로 조작된 방식으로는 비행 중간에 되돌릴 수 없어. 듀스의 말을 들으니, 조종기가 망가지기 직전이라더군. 집으로 가고 싶니?"

"그래요!"

"좋아. 너는 준비하고 있어. 우리가 모든 세부 사항들을 돌볼 테니까. 네가 아는 것을 승무원에게 누설하지 마. 관련된 사람이 많지만 아닌 이들도 있으니까. 너는 고급 선원이야. 모른 체할 수 있지? 어떤 낌새도 눈치 채지 못하게 해야 해. 조슬린이 이걸 알면……."

그녀는 의미심장한 손짓을 했다.

"이제 상세히 이야기하마."

그녀가 말을 이었다.

"빠른 시간 내에 너는 우리를 지구로 돌려보내기 위해 알아야 하는 모든 것을 철저히 배워라. 그리고 깨어 있는 시간은 모두 우주선의 조종기를 고치는 데 보내는 거야. 우주선을 비행 중간에 돌릴 수 있게 되자마자 지시를 듣게 될 거다. 알겠니?"

그녀는 손바닥을 그에게 뻗었다.

"한팀 맞지?"

그는 손을 내밀며 흥분으로 떨었고 바로 마음을 다잡았다.

"좋아요."

그는 조심스러운 목소리로 말했다.

그녀는 잔 속에 남아 있는 마지막 술을 마시고 일어섰다. 문을 열기 전에 그녀는 그에게 밝은 눈짓을 했다.

"너는 좋은 아이야, 알랜. 나는 우리가 멋진 관계를 맺었다고 믿는다."

TO THE STARS

머 나 먼 우 주 에 서 펼 쳐 지 는 시 공 을 초 월 한 모 험 기

제5장

함교는 우주선의 중앙부에 있었다. 다른 모든 갑판들과 마찬가지로 함교 갑판도 직경과 수직 건축물들 모두 우주선의 진행 방향을 따라 이어져 있었다. 우주선 중심 주위로 관측 창구들이 허리 띠같이 둘러쳐져 있었고, 배의 모양은 유연했지만 함교의 익창(翼艙)들, 그리고 이착륙을 조종할 수 있도록 감마선과 투시 방지 유리창의 둥근 덮개들이 약간씩 돌출해 있었다. 금속 조종 장치들은 먼지로 뒤덮여 우중충했고 계량기 표면과 스크린들은 지문들로 더러워져 있었다. 문자반(시계나 계기 따위에서, 문자나 기호를 표시해 놓는 반 : 옮긴이)의 반은 망가졌고 사람들이 가장 많이 다니는 장소의 갑판 도료는 금속이 보일 정도로 칠이 벗겨져 있었다. 이것이 바로 함교의 모습이었고 거기에는 정적과 긴장감 같은 것이 흘렀다.

우주선 시간으로 5시간마다 망보기가 바뀌었는데, 선장은 헤일로 교체되었고, 헤일은 알랜으로 교체되었으며, 알랜은 선장으로 교체되었다. 그러나 그것은 이상한 교체 행렬이었다. 조슬린은 함교에 대역을 세운 채 자기 선실에서 망을 보았고 알랜은 함교에서 후배 파수꾼과 함께 있었는데 그 파수꾼은 조종 기술에 대해서는 깜깜했으므로 감시인이라고 부르는 게 더 적당할 것이다.

선장의 대역은 우주선의 대기(大氣) 조종사였는데, 그의 정찰기가 시간당 1,500마일밖에 못 가는 탓에 '느림보'라는 별칭으로 불리었다. 그가 타는 비행기인 '여행 중'은 격납고 후미에 보관되어져 있었는데, 엔진 담당 대원 중 하나를 그 비행기를 돌보도록 임명하고 대기 조종사는 이곳에서 근무하게 한 것이다.

느림보는 젊은 영국인이었는데 항상 취해서 비틀거렸다. 전쟁 없이 300년이라는 시간을 보내는 동안 그는 평화란 지루하고 여자들이란 변덕스럽다는 걸 깨달았다. 그는 기나긴 여행에 자진해서 서명했고 보수는 위스키로 받았다. 그리고 그렇게 커다란 우주선의 착륙은 조종할 수 없었지만 선장이 부르면 들릴 만한 곳에 대기하는 일상적인 망보기는 시킬 만했다. 불그레한 뺨에 흐릿한 눈을 한 그가 관리 구역 내 승강구 계단 위를 비틀거리고 걸어와 통신기 앞의 선반에 가득 찬 술병을 엄숙하게 내려놓고, 알랜에게 나지막이 인사하고는 익창의 좌석 안에 맥없이 자빠지곤 했다. 알랜은 그때쯤이면 자기가 교체된 걸로 생각했다.

알랜은 경과 기록을 작성하고, 바깥의 어둠에 마지막으로 증오의 시선을 한 번 던지고는 아래로 내려가 조종기에 매달리느라 분주했다. 다섯 시간은 함석 지붕들과 연료 탱크들을 쫓아가며 설계도에 매달려 있곤 했다. 그리고 나서, 네 시간 반쯤은 불안과 걱정을 이불 삼아 선잠을 잤다. 그리고 사관실에서 설익힌 아침 식사를 허겁지겁 먹고 승강구 계단을 통해 함교로 뛰어가 헤일이 따분하게 자신을 기다리고 있는 걸 발견하곤 했다.

헤일은 중요했다. 그는 모든 조종을 했고 알랜이 알아야 하는 것들에 대해 아주 많이 가르쳐주었다. 그는 처음엔 그 이등 항해사의 태도가 일변한 것을 보고 놀랐지만 무뚝뚝한 성실함으로 지도를 시작했다. 지도하는 데 필요한 시간은 알랜의 잘 시간에서 약간, 헤일이 교체하는 시간에서 약간을 가져다 썼다. 그리고 바뀔 때마다 주어진 반 시간의 지도로 배운 지식은 알랜이 나머지 망을 볼 동안 곰곰이 생각하며 소화시켜 나갔다.

이런 과정에서 알랜은 자신의 교육과 항해에 대한 대단한 자신감을 일부 상실했다. 헤일은 자신이 '실용적인 사람'이라고 자랑스러워했는데 그것은 그가 학교의 정규 교육을 받지 않고도 필요한 기술을 다 습득한 데 생긴 자부심을 담은 말이다. 그 덩치 크고, 으스대는 우주인은 너무나 옛적에 수학을 배운지라 알랜은 그의 지도를 간신히 따라갔다. 우주선에 탄 사람들의 예스러운 말을 이해하기 어려운 것처럼, 헤일이 던져주는 닳아빠진 책들을 이해하는 데는 어려움이 끝도 없었다.

앨저넌 레퀄러더의 『첫걸음』은 알랜이 가장 넘기 힘든 장애물이었다. 레퀄러더는 어리석음에 대해 무진장 늘어놓으며 '만약에' 라는 말로 가득한 문장으로 시작하여 가끔씩의 '아마도' 이상으로는 자기 입장을 밝히려 하지 않았다. 그는 주파수 항법과 도학에서 끌어낸 삼차원 도면을 좋아했다.

헤일이 말했다.

"나는 처음에 스페이스 아티스트(원래 중성적 용어인 '아티스트' 에서 나온 말로 과학의 실천이 하나의 성취로 고려되었을 때 우주선 조종에 통달한 이전 시대의 항해자를 가리킨다 : 옮긴이)가 되는 일로 시작했어. 그때는 단지 사람들이 가려는 곳과 간 곳만 알면 되는 줄 알았지. 하지만 여기 밖에 죽은 사람들로 가득 찬 죽은 우주선들이 우글우글하다는 것을 알고는 그것이 무익하다는 걸 알았어. 만약 자네가 침전물로 뒤덮인 어느 별 주위의 궤도에 낙오자가 될 생각이 아니라면, 자네가 배울 수 있는 모든 걸 소화하는 게 좋을 거야. 돌아갈 때마다 우리는 우리보다 최신의 조종사들과 함께 다른 중고 기계들을 발견하길 기대하지. 알겠지만, 지구에서는 저것들을 인쇄하지 않아. 우주 공항 주위에서 5만이나, 10만 달러 하는 형편없이 손으로 베낀 것들을 빼곤 말이야. 그래서 자기 우주선의 데이터와 관측 기록들을 가진 한 사람이 남지. 그리고 별들이 바뀌고. 이제 자네 뒤에 한 가지 자료와 자네 앞에 또 다른 자료가 보이지. 나이란 뒤로는 잘 안 가고 앞으로는 몇백 배나 빨리 달려. 자네가 항상 같은 별에서 오거나 가거나 한다면 그렇게 나쁘지는 않을 거야. 하지만 현실은 그러지 않아. 그러니 자네는 각각의 접근과 출발 각도를 위한 스펙트럼과 모든 각도에서 변하는 스펙트럼을 계산해야 해. 그러니 기억할 게 엄청나지. 하지만 우리는 아주 정밀하게 항해하기 때문에 자네가 열여섯 개 별들 각각을 위한 천 개의 스펙트럼에 대해서 알고 나면 항등식을 얻게 돼."

"하지만 어떻게 지구를 알죠?"

알랜은 끊임없이 물었다.

"글쎄, 지구는 쉬워. 단지 자네가 어디에 지구가 없는지, 그리고 그게 어디로 향할지를 계산하고 좀 더 큰 수많은 위치 표시들 사이에서 하나를 집어낼 수 있게 되면 옳게 가는 거야. 천체 선택에 관한 레퀄러더의 책을 읽게, 알랜."

처음에는 헤일이 시키는 대로 해도 혼란스럽고 모호하기만 했다. 그러나 망을 볼 때마다, 그리고 일하고 남는 시간마다 알랜은 공부했다. 그래서 그는 천측 항법 장치를 조정할 수 있게 되었고 매끄러운 판단을 할 수 있게 되었으며 마침내 그가 무엇에 다가가고 있는지 알 만큼 진전을 보았다.

그리고 퀸은, 때때로, 눈짓을 보내고 슬쩍 건드리며 지나치거나 시가 때문에 쉰 목소리로 분출기 조종과 균형에 대해 묻곤 했다.

그를 가장 걱정시킨 것은 이 조종기였다. 그는 관(管) 시스템이라고 상상했던 지점에 있었다. 하늘의 사냥개 호의 제트 엔진은 듀스가 말했던 것보다 세 번은 더 새로 고친 것이었다. 그리고 배배 꼬인 구획들 사이에서 엉금엉금 기어다니는 수어 번의 괴로운 분투 후에는 새끼 대장과 함께하는 회의에서 새로운 문제들이 드러나곤 했다.

그 시스템은 본질적으로 단순했다. 우주선 머리 주위의 고리 속에 서른 개의 제트 엔진이 있고, 꼬리 주위의 고리 속에 서른 개가 있었다. 이 늙은 '사냥개' 는 전쟁 중의 사람이 지었고 작전을 위해 만들어졌다. 그러나 최근 사람들은 이 우주선에 대해 다른 생각들, 결코 쓰인 적이 없는 생각들을 갖고 있었다. 겉보기에 이 우주선은 지금 열여섯 개의 제트 엔진만 작동하고 있었다. 원래 모든 제트 엔진은 두 개의 연료 탱크로부터 가동됐지만, 이것들은 사람들이 우주선을 기나긴 항해용으로 개조하고 이착륙 때 쓰는 화학 연료 탱크 때문에 새로운 함석 지붕들을 설치했을 당시에 저수조로 바뀌었다. 그러나 그런 설치는 핵분열 이착륙은 언제나 가능하지만, 필수적인 충격파와 작은 에너지장을 때때로 끊어야 할 필요에서 기인한 핵분열 조종은 그렇지 않았기 때문에 위험했다. 그래서 어떤 천재가 두 개의 새로운 조종 탱크를 하나는 우주선 이물에, 하나는 고물에 숨겨놓았고, 이물과 고물에서, 각각 서른 개 중 여덟 개에만 관여했다. 어떤 여덟 개가 불을 뿜는지는 밖에서 조사해야 할 문제, 곧 아이스박스 작업이었다.

알랜은 의복과 자석 신발을 신고 아이스박스 작업을 했는데 절대 영도가 순식간에 그의 우주복을 얼려버렸다. 그는 관들을 찾아내어 표시해 놓고는 돌아왔지만 발열 제복을 입고 있었는데도 그렇게 따뜻한 우주선으로 돌아온 후 스무 시간 내내 떨 정도였다.

그는 대체로 납땜을 하고, 펌프를 수리하고, 공급 장치를 늘리는 일 따위로 바쁜 일상을 보냈다. 그러나 그를 질리게 하는 것은 조슬린이 귀찮게 시키는 소소한 의무들이었다.

"알랜."

알랜이 당직근무를 마칠 때면, 조슬린은 이렇게 부르곤 했다.

"갑관 열다섯 개인가 스무 개인가가 돼지우리더군. 사람 열에 하급 관리 하나를 붙여서 그들이 청소하는 걸 직접 감독하게. 어떻게 그런 쓰레기통에서 살 수가 있지?"

그러면 알랜은 순종적인 얼굴 뒤에 분노를 숨기고 시키는 대로 하곤 했다.

아니면 이랬다.

"알랜, 이물과 두 번째 조타실 사이에 고장 난 통신기가 하나 더 있네."

또는 이랬다.

"알랜, 세 사람을 데려가서 저 몹쓸 저장고를 확인해 봐. 괘씸한 요리장이 우리 모두를 복통으로 쓰러뜨릴 거라고."

그리고 조슬린은 그를 붙잡고 최근의 책들이나 음악에 관해 쓸데없는 잡담들을 늘어놓거나 공학 분야에서 새롭게 발견된 이론들에 대해 묻거나 하면서 알랜의 금쪽 같은 한두 시간을 홀랑 까먹곤 했다. 알랜은 그자가 이등 항해사의 조바심이 사라졌음을 감지하고 이 게으른 시간 낭비로 그를 괴롭히는 것을 즐긴다고 느꼈다.

세 번이나 그는 다음 망보기에서는 조종 시스템을 준비시킬 수 있을 거라고 느꼈다. 그리고 세 번 모두 잘못된 정비나 깨진 펌프를 발견하고는 실망으로 고통받았다.

"고군분투하는 자네에게 존경을 보내네, 알랜 코다이 군."

조슬린이 어느 날 그에게 말했다.

"이렇게 몇 주만 더 있으면 일등급 관리가 되겠어."

알랜은 비꼬는 게 아닌가 의심했지만 그것은 냉소와 경멸이 조슬린의 근사한 얼굴을 망치지 않은 드문 순간들 중 하나였다. 그리고 나자 알랜은 죄책감을 느꼈고 자기 잠자리로 기어 들어가 점잖은 한 인간이 얼마나 형편없이 추락할 수 있는지 놀라워했다.

TO THE STARS

머나먼 우주에서 펼쳐지는 시공을 초월한 모험기

제6장

너무 많은 일과 너무 모자란 잠에다 나쁜 공기는 마침내 알랜 코다이에게 아주 강력한 결과물을 만들어냈다. 전설이 뭐라고 읊어대든 간에 지금 그의 이력은 그가 단지 아주 젊다는 것뿐, 자기를 잡아줄 경험도 없고 그의 역량이 어느 정도인지 가르쳐줄 반전들의 단단한 비축물도 없는 젊은 남자에 불과했다.

그는 며칠인지 셈을 잊을 정도로 여러 날 희망에 매달려 맹렬히 살았고 기대감으로 타오르는 세찬 불꽃은 그의 에너지를 연료로 해서 빠르게 타버렸다.

알랜은 자신이 언제부터 기력이 떨어지기 시작했는지 확실히 알지는 못했다. 어느 날 망보기를 하다 마침내 어떻게 태양의 위치를 알아내는가를 배우고는 흥분에 휩싸였다. 지척에서 말하는 헤일의 붙임성 있는 목소리를 듣고 나서야 자신이 계산대를 무심하게 빤히 쳐다보고 있다는 걸 깨달았다.

"'이제 베가별의 위치를 기입하라'고 말했어."

헤일이 되풀이했다.

"예?"

"저런, 무슨 문제 있어? 나는 노하우를 네 머리에 집어넣느라 가슴을 쥐어뜯고 있었는데 너는 잃어버린 음식 그릇 군단을 꿈꾸고 있군. 안녕하십니까, 선장?"

"우리 젊은 친구한테 무슨 문제라도 있나?"

조슬린이 물었다.

헤일은 백해도판(기본적인 기준선만 그려져 있는 지도로 위치 기입용이다 : 옮긴이) 너머로 몸을 기대어 알랜의 얼굴을 들여다보았다. 아주 자세히 뜯어본 후에 그는 어깨를 으쓱했다.

"흠, 우주 열입니다. 아직은 중력 어지럼증도 우주 병도 아니에요."

"알랜 코다이, 휴식이 필요한 것 같군."

조슬린이 말했다.

"아니, 아닙니다! 아니에요, 전 괜찮습니다."

알랜이 말했다.

"알랜, 승무원 식당에서 사람들이 즉석 노래 경연 대회를 하고 있어. 내가 갈 거라고 말해 놓았네. 내 대신 내려가게. 내가 자네 대신 망을 보지."

"아닙니다! 전 괜찮아요!"

"내가 지켜보도록 해주게."

조슬린이 말했다.

"자네는 그냥 명령으로 받아들이면 돼."

알랜은 일어서자 다리가 아래에서 비틀거렸다. 함교가 헤엄을 치는 것 같았고 그는 힘들게 똑바로 섰다. 함교 주위의 컴컴한 현창들이 온통 돌기 시작했다. 그는 그것들을 멈춰 세웠다.

"알겠습니다, 선장."

그는 말하고 나서, 승강구 계단을 향해 비틀비틀 나아갔다. 감시인인 아편쟁이가 알랜의 뒤를 따르며 해야 할 일이 바뀐 것이 신이 나는지 연신 웃어댔다. 아편쟁이가 그의 신경질적인 낄낄거림을 멈춘 적은 없지만 평상시와는 다른 톤으로 즐거운 일이 있는 것 같았다.

그자는 자기 침대와 담배를 위해서 살았고, 그의 월급의 반은 품질 불량의 작고 검은 아편 알을 구해다 주는 우주선 집사인 마르비의 손에 터무니없이 들어갔다. 그는 간단한 의무에 있어서는 우주선에서 가장 믿을 만했다. 아편을 가져가 버리겠다는 위협만으로도 그의 낄낄거림을 멈출 수 있었다. 그에 대해서 조슬린은 이렇게 말했다.

"나는 충성심 있는 사람을 믿어. 그것이 오로지 작고 검은 아편 알을 위한 것일지라도 말이야."

아편쟁이는 노래할 수는 없었지만 노래를 좋아해서, 그가 맡은 사람을 따라가며 조바심을 쳤다.

현악기를 가볍게 타는 소리가 식당으로 향하는 사다리에서 윙윙거렸고 알랜은 「우주인은 결코 죽지 않는다」의 선율에 가는 길이 무너지는 느낌이었다.

그가 들어서자 음악이 멈췄고 여자와 남자들이 뒤섞인 쉰 명쯤의 얼굴들이 미리 알고서 그에게로 돌아섰다. 그는 한참 동안의 멍한 상태에서 벗어나 자기가 조슬린을 대신하러 왔다는 것을 깨닫고 말했다.

"선장께서 인사 말씀을 전하라고 하셨습니다. 참석하지 못해 아쉽다고요. 그분 대신 참석하게 되어 영광입니다."

그리고 고맙게도 그들이 조슬린을 위해 준비했던 의자에 앉았다. 갑자기 그에게 무슨 문제가 생긴 것일까? 그는 군중 속에서 퀸이 어디 있는지 찾아 안심시키는 고갯짓을 하려고 했지만, 그녀는 맥주를 따르고 어느 드라이브맨(우주선 위에서 구동 장치들의 가동을 돕는 사람을 말한다 : 옮긴이)의 감상적인 구애를 물리치느라 바빴다. 알랜은 뒤로 주저앉았다.

관현악단은 음정이 맞지 않는 현악기들과 나팔 한 개의 작은 집합이었고, 그런 행사에 허락을 받은 「선장의 알리바이」라는 곡을 연주했다. 맥주가 돌고 사람들은 큰 소리로 합창하며 발을 굴렀다. 알랜은 무기력하고 둔하게 앉아, 낮게 드리워진 어둠의 장막 같은 것을 물리치려고 애썼다.

"가서 노래해요."

누군가가 옆에서 말했다. 알랜은 루크가 거기에 있으면서 맥주잔을 자신에게로 미는 것을 알았다.

"대단치는 않지만 이게 우리가 가진 전부예요, 멋진 양반. 약간의 노래들, 약간의 입맞춤들……, 가서 노래 불러요."

알랜은 같이 노래를 부르려고 했지만 무슨 노래인지 몰랐고 갑자기 자기가 간신히 속삭이고 있다는 사실을 깨달았다. 승무원 하나가 그에게 불이 타오르는 화주(火酒) 한 잔을 건네었고 그는 원기를 회복할 거라는 희망과 함께 술잔을 내려놓았다. 아주 잠깐은 그랬다. 그러고 나서 사람들이 그에게 또 한 잔, 그리고 또 한 잔을 주었다.

그는 무슨 일이 일어났는지 나중에 거의 기억나지 않았다. 한 번은 정신이 들어서 자신이 군중에서 뽑은 젊은 얼굴들을 쳐다보고 있는 것을 알았다. 그는 관현악단의 경쟁에 맞서 학교에서 배운 민요를 가르치고 있었다. 그리고 다시 깨었을 때는 그에게 둘러져 있는 루크의 팔과 그의 뜨거운 뺨에 서늘한 그녀의 숨결을 느꼈다. 그는 나중에 기진맥진한 테너 가수가 「난파의 노래」를 부르고 있던 것과 쉰 듯하고 야한 목소리를 지닌 여자가 「가슴을 팔아요」를 속삭이고 있던 것을 생생하게 기억할 수 있었다. 그러나 그의 첫 번째 기억은 자기 자신으로 돌아온 후에야 확인할 수 있었다. 얼마나 오랜 시간이 지난 후였는지는 몰랐다.

그 꾀죄죄한 얼굴의 어린 소녀가 알랜의 침상 옆에서 묽은 수프를 휘젓고 있었다. 스누저, 선장의 심부름꾼, 그 애의 뺨에는 새로운 멍이 있었다.

"안녕."

알랜이 가늘게 말했다.

소녀의 두 눈이 놀라 크게 깜짝였고 소녀는 그에게서 뒤로 물러났다. 그러고 나서는 자신을 되찾아 수프를 가지고 좀 더 가까이 왔다.

"마셔요."

소녀가 말했다.

그러나 그는 정신을 잃고 표류했다.

다음에 그가 뭔가 알았을 때 소녀는 여전히 거기에 있었지만, 멍은 사라졌고 대신 손에 붕대를 감고 있었다. 알랜이 처음 눈을 떴을 때 그녀는 앉은 채 반쯤 잠들어 있었는데, 그가 머리를 돌리니 마치 쇠 꼬치처럼 빳빳하게 일어나 앉았다.

"제발 이제는 소리 지르지 마세요."

소녀가 말했다. 그러고는 서둘러서 물 잔에다 분유를 넣어 젓기 시작했다.

그 말에 알랜은 냉정해졌다.

"누가 여기에 있었니?"

"의사요."

그것도 꽤 나빴다.

"다른 사람은?"

"그……, 선장이 두 번요."

"빨리! 내가 뭐랬지?"

그는 으스스한 공포를 느꼈다.

"아무것도요! 제발 저한테 소리 지르지 마세요. 그러지 마요!"

그리고 소녀는 울음을 터뜨렸다.

그는 뒤로 기대어 우유를 마셨다.

"내가 아무 말 안 한 게 확실하지? 선장에게도 스트레인지에게도?"

"난……, 의사에 대해선 몰라요."

소녀가 눈을 비비고 때를 문지르며 말했다.

"그는 여러 번 왔거든요."

"여러 번이라고! 내가 얼마나 오랫동안 여기 있었지?"

"전 이제 시간을 재지 않아요. 재지 않은지 오래됐어요."

"퀴……, 퀸이 여기 왔었니?"

소녀는 자그마한 턱을 쥐었다.

"왔어요. 하지만 제가 들여놓지 않았죠. 선장은 못 들어오게 할 수가 없었어요. 그럴 수만 있었다면 그랬을 거예요. 그리고 당신은……, 당신은 만약 내가 의사를 못 들어오게 했으면 죽었을 거라고요."

소녀는 울기 시작했다.

알랜은 소녀의 눈물에 죄라도 지은 양 괴로웠다. 그는 스트레인지에 대한 걱정을 제쳐두었다. 이제 곧 그자를 볼 테니까. 그는 알고 있었다. 당장 총을 맞지 않았다는 것은 조슬린이 모른다는 것을 증명하는 듯했다. 그는 손으로 더듬으면서, 손이 얼마나 말랐고 부들거리는지 알고 약간 놀랐고 그녀의 팔이 얼마나 가는지 느끼고는 다시 한 번 놀랐다.

"이리 오렴."

알랜이 상냥하게 자신의 침대 옆으로 소녀를 끌어당겼다.

"누가 이 일에다 너를 집어넣었지?"

소녀는 모든 용기를 짜내어 몸을 빳빳하게 세웠다.

"아무도요. 제가 뭐든 사람들이 하라는 대로만 해야 하나요?"

그는 기묘하게 소녀를 바라보았다.

"왜 이 일을 하는 거지?"

"내가 할 수 있기 때문이죠. 내가 지금 그만두면 티토가 내 심부름 일을 할 거예요. 왜냐하면……."

소녀는 얼굴을 외면했고 몹시 분주하게 또 다른 잔에다 분유를 탔다.

"아마도 스스로가 그걸 못 하게 할 수 없기 때문일 거예요. 이거 마시세요."

알랜은 어설프게 그 우유를 받았다. 그는 어렴풋이 이해하며 소녀를 지켜보았다. 그는 빙그레 웃었다.

"이보렴, 나는 한 번 너랑 닮은 그림을 봤단다……. 어느 백작부인의 그림이었지……. 만약 네가 세수를 하면 넌…… 넌……."

소녀는 잔이 엎질러지기 전에 잡아서 탁자 위에 올려두었다. 그녀는 힘없는 그의 팔을 침대보 아래 밀어넣고 담요를 그의 턱까지 끌어올린 다음에 뒤로 물러서서 머리를 이쪽으로 또 저쪽으로 갸웃거리며, 얼굴에 자랑스러운 미소를 띤 채 그를 쳐다보았다. 그런 후에 지쳐서, 이 단단한 금속 갑판 위에서는 다른 어느 누구도 결코 느낀 적 없는 편안함을 느끼며 몸을 말고 잤다.

알랜이 아는 다음 일은, 그가 정신을 차렸고 혼자이며 스트레인지 박사가 그 옆에 가까이 서 있다는 것이었다. 스트레인지의 혈색 좋은 얼굴이 믿을 수 없게도 진한 잿빛 수염으로 덮혀 있었다.

스트레인지 박사는 기묘한 웃음을 지었다.

"저런, 우리의 반란자는 오늘 어떠신가?"

그가 말했다.

TO THE
STARS

머 나 먼 우 주 에 서 펼 쳐 지 는 시 공 을 초 월 한 모 험 기

제7장

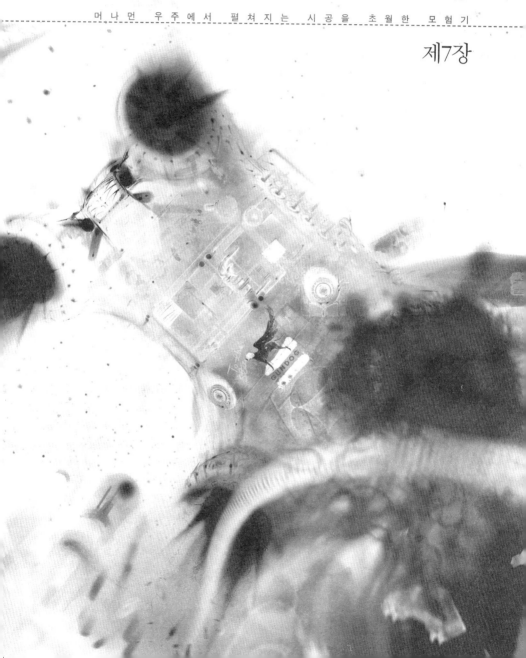

마침내 돌아다닐 수 있게 되자 알랜은 항행 일지를 원했다. 그는 반시간 동안 느림보 옆에 서서 조슬린이 일상적으로 하는 일인 '오전' 계기반 훑어보기를 기다렸다.

조슬린이 마침내 왔는데, 따분하고 냉소적인 모습에 풀 먹인 하얀 셔츠와 바지를 입고 우주인의 작업모를 쓰고 있었다. 그는 나른하고 무관심한 눈으로 함교를 쓸어 보았다.

"안녕한가, 알랜."

그가 이제 계량기와 스크린들을 흘끗거리며 말했다.

"나는 자네가 어떻게든 살아날 줄 알았네."

"지금은 아주 좋습니다, 선장."

알랜이 말했다.

조슬린이 둘러보던 것을 멈추고 그를 똑바로 쳐다보았다. 잠깐 살펴본 것이지만 그는 자기가 원하는 것을 보았다.

"자네는 늘 강인한 사람들을 알아. 그들은 재채기 한 번 했다고 침대로 기어들진 않아."

그리고 계속 계기반들을 검사했다.

그 부당한 말에 걸려서 알랜은 성난 대답을 쏟아내려다가 순간 자기의 목적을 재빨리 기억해 냈다. 그는 항행 일지가 보고 싶었다. 그는 얼마나 많은 망보기가 지나갔고, 평균 속도는 어땠는가 알아야만 했다. 그러니까, 그는 지구 시간으로 얼마나 지났는지 계산할 수 있기를 바랐다.

"제가 맡은 의무로 돌아가면서 항행 일지를 볼 수 있다면, 아주 감사하겠습니다. 선장."

조슬린은 아무 말도 하지 않았다. 그는 지금 헤일의 항행 일지를 검사하고 있었는데, 헤일이 당직을 뜰 때면 거기에 놔두었고 오로지 선장의 열쇠로만 열어볼 수 있었다.

"제가 항행 일지를 볼 수 있으면……."

"자네 말을 되풀이할 필요는 없어, 알랜."

조슬린이 말하면서 항행 일지를 탁 소리 나게 닫고는 잠갔다.

"내 귀는 확실하다고."

조슬린은 통제 장치들 위의 석판에다 일련의 조종 교정 사항들을 적었고, 키잡이가 깨어 있는지 확인하러 슬쩍 보고는 알랜을 뒤돌아보았다. 아주 희미한 미소가 조슬린의 입 위에 있었다. 그는 옆의 느림보를 보았다.

"선생, 알랜이 항행 일지에 대해 정말로 걱정하는 것 같군. 그는 거기에 접근하지 못하도록 되어 있어. 평범한 종이에다 그의 기재 사항을 받아 적고 나중에 망보기 승무원과 항법사가 그걸 복사하도록 해. 조타원들에게 알리게나."

그는 알랜을 돌아보았다.

"그래, 우리 가엾고 아픈 친구가 제 할 일로 돌아왔군."

조슬린은 자신의 숙소로 이어져 있는 짧은 사다리를 타고 내려가 바닥에서 다시 한 번 돌아보았다.

"만약 자네가 허약함을 어느 정도 이겨낼 수 있다면 알랜, 자네를 사령부의 3인자로 임명할 걸세. 그때까지는 다른 승무원들처럼 자네에게도 항행 일지나 위치 장부는 기밀이야. 양쪽 위에 있는 파괴 방지 잠금 장치에 주목하게나."

그는 자신의 선실로 들어가 사라졌다.

알랜은 아직도 병에서 회복되지 않은 느낌이 들었다. 대답 없는 질문들의 대혼란이 그를 괴롭혔다. 알랜은 너무 심하게 혼란스러워 몇 번이나 느림보에게 소리 내어 불쑥 물어볼 뻔했다.

그러나 느림보에게는 모든 게 똑같았다. 언제나 그랬듯이 그는 모든 계기반 검사가 끝난 기념으로 술병에서 독한 술을 조금 따랐고, 이제 그것을 짤끔거리며 새로운 경로들을 읽고 있었다.

놀라서 겁먹은 것을 있는 대로 드러낸 알랜은 식당을 향해서 승강구 계단을 비틀비틀 내려갔다. 그에게 아무도 말하지 않았다. 그것은 알랜에게 늘 있는 일이었지만 오늘은 뭔가 의미가 있는 것 같았다.

그는 침대칸 문에서 비틀거리고는 미친 듯이 병실로 갔다.

스트레인지는 병실 저쪽 끝에 있었다. 자기의 하얀 책상에다 발을 올리고, 안경은 쓰지 않고 이마 위에 올려놓은 채, 엄지손가락에 침을 발라 읽고 있던 새로운 치료법에 관한 책의 다음 장을 넘기고 있었다.

예상치 못했던 어느 작은 형체가 알랜의 길을 막았다. 여전히 바닥까지 오는 지저분한 어른 옷을 두르고 얼굴도 옷만큼이나 더러운 채, 승무원들이 놀리는 말로 부르는 그 '외과 조수'는 병실 앞을 막아섰다.

"의사 선생님은 무지 바빠요."

아이가 말했다.

"이봐."

알랜이 말을 꺼냈다.

"선생님은 아주 중요한 명령을 받으셨기 때문에 방해하면 안 돼요. 알랜 코다이 씨, 당신은 특히요."

알랜은 아이를 무시하려고 애썼다. 그러나 그렇게 가까이 있으면서도 둘의 대화를 못 들었을 리 없는 의사는 아무런 기척도 보이지 않았다.

우물쭈물하며 알랜은 몇 걸음 뗐다. 평온하게 의사는 책장을 넘겼고, 안경을 이마 위로 좀 더 밀어 올리며 계속 읽어 내려갔다.

거칠게 숨을 몰아쉬던 알랜은 돌연 아이를 옆으로 떼밀더니 앞으로 성큼성큼 걸어갔다. 알랜은 의사의 책을 책상 쪽으로 내던졌다. 의사의 안경이 짤깍 소리를 내며 콧등으로 떨어졌고 그는 살짝 놀란 모습으로 올려다보았다.

"이런, 알랜."

"이봐요, 당신이 이야기한 게 확실해. 그러지 않겠다고 말해 놓고서. 날 속였어! 내가 항해하는 동안 받는 모든 급료를 당신에게 주겠다고 약속까지 했는데."

"알랜, 자네가 벽에 세워져 총살을 당한다면, 급료는 한 푼도 받을 수 없어. 그건 이 우주선에 타고 있는 누구라도 증언할 수 있는 반란자의 운명이지. 그 정보가 내게는 1만 5,000달러의 가치는 있기 때문에 비밀로 한 거야. 나는 비밀을 아주 잘 지킨다고, 알랜. 이제 조용히 저 문을 닫고 나가."

"하지만 그가 안다고요! 그가 아는 게 분명해!"

"뭐로 자네가 확신하는 거지?"

"그는……, 그는……."

그러나 그 증거는 그렇게 확실해 보이지 않았다.

"그는 항행 일지와 위치 장부를 내가 못 건드리게 했어요."

스트레인지가 키득거렸다.

"조슬린 선장은 기분이 변덕스러운데다 수없이 이랬다저랬다 해. 아마도 그는 알 거야. 자네가 미래의 실마리를 가졌는지, 안 가졌는지에 대해서. 하지만 자네가 우주선에 탄 직후, 여기 병실 안에서 그날을 떠올려 보겠나?"

알랜은 그날을 떠올렸다. 그 우주인은 그가 지금 서 있는 곳에서

1미터도 떨어지지 않은 곳에서 쓰러졌다.

"자네는 아직 살아 있네, 알랜. 그러니 우리의 용감한 선장이 자네를 의심할 만한 증거를 가졌는지 잘 모르겠군. 하지만 그럴 걸세, 그럴걸. 그는 뱃속이 검은 사람이니까, 알랜. 아주 음흉한 사람이지."

그리고 의사는 이마 위에다 안경을 걸치더니, 책상 위에 다시 발을 올리고는 읽던 부분인 『이상 심리학』 제3권, '정신 착란을 유발하기 위해 아시아 비밀경찰이 사용한 방법들'을 찾았다. 평온하게 그는 다시 자기 책에 몰두했다.

알랜은 부르르 떨었다. 그는 조심스럽게 그 우주인이 쓰러졌던 곳을 피해 물러섰고, 병실을 떠났다. 알랜 뒤에서, 그가 막 문을 닫을 때, 의사가 웃는 소리를 들은 것 같았다. 그러나 확실하지는 않았다.

교대 시간보다 몇 분 앞서, 최근의 병과 현재의 불확실함 때문에 더욱 창백해진 알랜이 헤일과 근무를 교대했다. 그가 생각하기에 헤일에게서 단서를 얻을 수 있을 것 같았다. 헤일의 모든 감정은 마음에서 비추는 횃불처럼 얼굴에 그대로 다 드러났기 때문이다.

그러나 헤일은 졸린 모양인지 하품을 하며 반쯤은 드라이브 통신기에 기대어 서 있었고, 키잡이한테 무심한 만큼이나 알랜에게도 무심했다.

"우주선이 최소한 광속에서 2,000마일은 모자라게 유지해."

그가 하품을 꾹 참으며 말했다.

"듀스가 거기서 갑자기 열원자(원자핵 전환의 결과 높은 열량을 가진 원자:옮긴이)를 발생시켰어. 우주선이 30분 전에 1,000마일을 따라잡았고 나는 속도를 늦췄지. 지긋지긋하다. 정말."

"그러면 내가 당신을 대신하죠, 선생."

알랜이 말했다.

"우리가 서른 번쯤 망보기를 하면 조니스 랜딩에 이를 거야. 그러면 오랫동안 망보기를 안 해도 되지."

그 생각에 기운이 나는지 헤일은 웃음을 터뜨렸다.

"사람들이 '저온 핵분열'이라고 부르는 조제물이 있는데 저온 같은 효과는 없어. 담배 즙, 고춧가루, HCL(염화수소), 소량의 스트리키니네. 이 마지막 건 심장이 계속 뛰도록 하지. 여기 자네가 기입할 빈 종이가 있어."

그리고 그는 아래층으로 가버렸다.

알랜은 헤일이 투덜대는 소리의 모든 미묘한 의미를 포착하려고 신경을 곤두세웠다. 그 남자는 확실히 어느 한 분야를 맡기에는 무능하다고 알랜은 판단해 왔었다. 그러나 지금은 그런 확신이 서지 않았다. 헤일이 그에게 휙 던져준 빈 종이는 그 친절한 발언의 인상을 으스스하게 만들었다.

알랜은 멀찍이 떨어진 이물 속에서 빛나는 광선이 우주선 앞쪽에 있던 많은 물체들을 번개 같은 속도로 뒤로 물러가는 것을 비추는 게 보였고, 속도계가 18만 4,500마일로 슬금슬금 올라가는 것을 눈치챘다.

알랜은 통신계원에게 날카롭게 말했다.

"500마일 감속하시오."

"500마일 감속합니다, 상사."

그러고 나서 말했다.

"드라이브가 500마일 감속을 수령했습니다, 상사."

헤일이 고물로 가버리자 함교의 기율은 편안해졌다.

"이 우주선이 조니스 랜딩에서 시체 냄새가 난다는데."

조종사가 조타수에게 말했다.

"자네가 우리를 박살내어 갈아엎을 술책이라면 그렇겠지."

그 좀스러운 승무원이 인정머리 없게 응대했다.

"함교에서는 정숙하시오."

알랜이 말했다.

그들은 존경심 없이 알랜을 처다보았고 한동안 투덜거렸다.

알랜은 발아래 갑판이 약간 더 묵직해지는 것을 느끼고 속도계를 흘끗 보았다. 우주선은 현재 18만 4,100마일로 달리고 있었다.

"100마일 감속."

"100마일 감속합니다."

통신계원이 답했고, 조용하라는 명령에 대한 반발로 '상사'는 빼먹었다.

"드라이브가 100마일 감속을 수령했습니다."

알랜은 속도계를 주시했다. 그것은 18만 3,900마일로 속도가 떨어져 머물러 있었다. 그것이 그를 괴롭혔다. 그리고 망보기 담당 기술자에게 긴장하라고 막 경종을 울리려고 할 때 갑자기 자신이 지닌 보잘것없는 권한과, 불확실한 지위, 불안과 좌절된 희망들에 대한 상념에 온통 사로잡혀, 호전되어 가고 있는 그의 병 꼭대기에 구름을 드리웠다.

풀이 죽은 알랜은 초당 18만 5,000마일에 이르면 시동시킬 공을 팽개치고 함교의 익창으로 갔다.

앞에도, 뒤에도, 위에도, 아래에도 별들은 차가웠고 황폐했다. 사냥개 호의 흠집이 난 선체가 빠른 비행의 입자 흡수로 인해 희미하게 빛났다. 그는 복사선 방지 창을 통해서조차도 절대 영도의 냉기를 느낄수 있었다. 어둡고 싸늘했다. 그 속에는 액체로든 가스로든 어떤 움직임도 불가능하게 만드는 차가움이 있었다.

그것을 보지 않으려고 그는 가로대에다 팔을 대고 재킷 소매에 얼굴을 묻었고, 그런 자세로 망보기 시간의 반을 보냈다. 공이 세 번 울렸고 다시 세 번 울렸다.

우주선을 내버려둬. 광속까지 가게 내버려두라고. 무시무시한 속도로 제로 시간을 지나 순수한 에너지로 폭발하게 하든가 빛의 정확한 속도에 이른 하나뿐인 우주선으로 매달려 있게. 거기서 영원히 상처받지 않고 정지한 채 매달려, 그 안에 탄 사람들의 석상이 제로 시간으로 인한 영원함에 갇혀 보호받고 저주받기를.

조슬린의 목소리가 경멸감 때문에 가늘었다.

"내가 자네의 휴식을 방해했나, 알랜? 아니면 이걸 끝까지 내버려두고 앉아 있으려는 건가? 조타수, 1,000마일 감속해라."

깜짝 놀라 알랜은 함교를 빤히 쳐다보았다. 통신계원과 조종사, 조타수만이 거기에 있었다. 열렸던 함교 스피커가 이제 닫히며 딸깍 소리를 냈다.

알랜이 더듬거리며 말했다.

"1,000마일 감속!"

통신계원은 그에게 답하지 않았다. 그의 계기반의 바늘은 이미 그 숫자에 멈춰 있었다. 그는 손잡이를 뒤로 가져가 울고 있는 공을 멈춰 세웠다.

알랜은 남아 있는 두 시간 반 동안 조슬린이 함교로 오는 걸 기다렸다. 그러나 조슬린은 오지 않았다.

공은 조슬린의 방음 처소에 이를 만큼 크게 울리지 않았다. 그는 선장이 또 하나의 계기반을 갖고 있다는 걸 몰랐다. 그러나 조슬린은 오지 않았고 알랜은 인간의 실수와 드라이브의 철저함이 허락하는 한 속도가 18만 4,000마일 근처에 머물러 있게 했다.

느림보가 모습을 드러냈고, 술병을 통신기 선반에 내려놓고는 계기반들을 검사했다. 정신을 차리려고 자기 몸을 벅벅 긁고는 알랜을 지나 어색하게 움직였다.

"18만 4,000마일이며 현재 꾸준히 진행 중이오."

알랜은 말하고 나서 서둘러 함교로부터 도망쳤다.

그의 책상 위에는 수면 억제 캡슐 한 상자가 있었다. 그는 최면에 걸린 멍한 시선으로 그것들을 쳐다보았고 침대에 지쳐 쓰러졌다. 그러나 잠들지는 않았다. 통로에서 들리는 모든 발자국 소리에 그는 긴장했다. 어느 부주의한 사람이 그의 방 자물쇠를 팔꿈치로 쓸고 지나갈 때 알랜은 또다시 그 우주인이 자유를 얻으려고 애쓰던 모습을 보았다.

그리고 마침내 그가 변덕스러운 졸음에 빠졌을 때 어떤 손이 그를 거칠게 흔들었고 그는 마침내 자신의 운명을 확신했다.

그러나 그것은 단지 조타수일 뿐이었다.

"당신의 망보기 시간입니다, 알랜 코다이 씨."

TO THE STARS

머 나 먼 우 주 에 서 펼 쳐 지 는 시 공 을 초 월 한 모 험 기

제8장

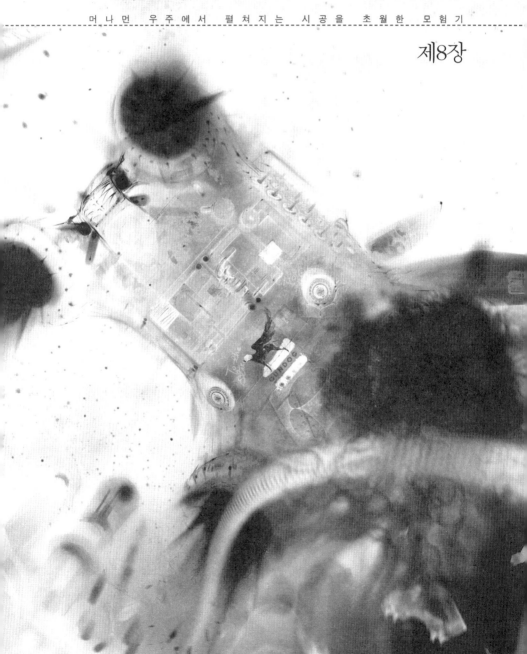

"글쎄, 그건 이런 거요."

아편쟁이가 말하며 알랜 옆의 가로대에 털썩 기대더니 현창 바깥으로 보이는 아래쪽 뒤얽힌 계곡들과 산들을 향해 손을 흔들었다.

"저것들이 그대로 있다면 그 안엔 아무 다양함도 없으리라는 거지."

그들은 제2사령탑에서 착륙을 준비하며 서 있었다. 그것은 전원 기동 행동이었고, 우주선에는 4분의 1만 타고 있었다. 모든 사람들은 그의 또는 그녀의 위치에서 5년이 젊어져 있었다. 벼룩 서커스 호를 아무런 착륙장도 설치되어 있지 않은 지상으로 데려오는 데에는 오랜 시간이 걸렸다. 조슬린은 낯선 지역에 머물 경우, 만일 누군가가 품었던 적개심을 시험해 볼 것에 대비해 우주선이 멈춘 후에는 약간 명의 승무원들만 데리고 있는 것을 좋아했다.

사람들은 조니스 랜딩이라는 행성 위에서 열 시간 정도를 바삐 보내며, 느림보가 그의 낡아빠진 대기 정찰기로 돌아와서 어디로 가야 하는지 말해 주길 기다렸다.

아편쟁이는 여러 차례 망을 보는 동안 그의 '검은 연료' 없이 지내야 했지만, 새로운 공급을 기대하며 스스로를 즐겁게 달랬다.

"나는 시간을 알아맞히는 데는 재주가 없지만, 우리가 이곳을 들른 이후로 500행성년 이상은 지나지 않았다고 맹세할 수 있어. 저기 바로 아래, 푸른 낭떠러지 사이로 돌아가는 강물이 보이는 곳에 건물들이 줄지어 있었지. 그 건물들은 뒤쪽에 들판과 함께 절벽 꼭대기를 따라 솟아올라 있었어. 진짜 예쁜 여자들도 있었어. 그리고 상냥하고. 새로 식민지가 건설된 곳은, 아마도 지금은 1000년쯤 지났겠지만, 섞이기가 쉬워. 우리가 여기 있었던 후로 우주선년으로 1년쯤 지났고 내 기억력은 어쨌든 별로야. 물론, 우리가 저곳에 들른 후 행성년으로 1200년쯤 지났을지도 모르지……, 내가 헷갈렸을 수도 있어. 하지만 아냐, 500년쯤 된 것 같아. 멋진 곳이야. 하천의 자갈들 속에 있는 다이아몬드는 비스킷처럼 크지. 저 위에 줄지은 구릉들 속에 있는 우라늄은 계산할 수 없을 정도고. 사람들은 품질 좋은 사과나무를 기르고 있어. 남아 있는 주춧돌 하나 보이지 않는 게 확실한 거요, 알랜 씨?"

알랜은 그 질문에 성의를 보이려고 행성의 어렴풋한 모습을 열 번 이상은 관찰하고 나서 쌍안경을 옆에 내려놓았다.

"저 절벽들 위에는 풀밖에 없어요."

"흠, 느림보가 알아내겠지. 그는 뭔가 찾아내는 데는 유능한 녀석이니까. 특별히 여자는 말이야. 하지만 뭔가를 시작하기 전에 열 시간은 걸린다는 게 끔찍해서 그렇지."

아편쟁이는 안달하기 시작했다.

"당신은 어떻게 생각해? 그가 여자들을 찾아서 자기만 좋은 시간을 가지려고 내리지는 않았겠지? 아마 그랬다면 선장이 그를 죽이고 말 거야!"

공이 땡그렁 울렸고 그들은 각자 위치에 좀 더 정확하게 섰다. 제2사령탑의 통신계원을 맡고 있는 열 살짜리 아이가 무릎을 꿇었고 노련한 눈으로 현창 밖을 보고 나서 말했다.

"오고 있어요, 저기."

"빌. 말조심해라."

그의 어머니가 그녀의 부서에서 전화기에 대고 날카롭게 말했다.

"흠, 어쨌든 그러고 있다고요."

겁 없는 빌이 말했다.

그들은 정찰기가 본부 사령탑 쪽으로 다시 움직이는 것을 지켜보았다. 이것은 단지 기계 장치의 혼잡이나 포격에 맞서 인원을 배치한 비상 함교였기 때문이다. 본부는 드라이브들에 가까이 있었고, 그 커다란 비행선이 앞으로 서서히 나아가자 급격한 화학 연소들 때문에 이 보조 함교가 우르릉거리며 컴퍼스들이 지도판 위에서 사방으로 미끄러졌다. 유한 계기반이 느릿느릿 시속 600마일까지 올라갔다.

둔하게 쿵 하는 소리가 들리고 정찰기가 선체 안으로 들어오면서 윙 하는 기계 소리가 들렸다.

전화기에 대고 말했던 여자가 호기심을 참을 수 있는 데까지 참았다가 말했다.

"얼머! 함교 말이다. 그가 뭐라고 하는 거야?"

제2함교의 사람들은 정신을 바짝 차리고 전화 부서를 쳐다보았고 그 여자는 그들에게 고갯짓을 보냈는데 그것은 연락하고 있는 중이니 성급하게 굴지 말라는 뜻이었다.

정찰기들은 이등 조타수의 주시 아래 유령처럼 움직였고 하늘의 사냥개 호는 행성의 북동쪽으로 나아가며 속력을 냈다. 그들은 빠르게 어스름한 쪽으로 달려가다가 진로를 북쪽으로 돌렸다. 엄청난 길이의 은빛 호수와 나란히 달리다 보니 어느새 호수는 강으로 바뀌어 있었다.

"얼머 말로는 이 행성 위에 우주선 한 척이 있답니다. 느림보가 그 우주선과 신호를 주고받았는데 그는 그게 보스턴에서 온 '왕의 사자 호' 같대요. 그는 술에 목말라서 이 이야기를 전하는 데 아주 한참 걸렸어요."

그녀는 경망스럽게 웃어젖히더니 갑자기 얼굴색을 바꾸어 빌을 향해 말했다.

"너는 술에 빠지지 마라."

"정말 전 안 마셔요."

빌이 날카로운 어투로 화를 내며 말했다.

"시끄러워."

그의 엄마가 말했다.

"해안 옆에 도시가 있다고 그러네요. 이 행성에 바다가 있었던가, 아편쟁이? 아니지, 미자르(북두칠성은 큰곰자리의 꼬리 부분에서 빛나는 국자 모양을 한 일곱 개의 이등성인데, 자루 부분 끝에서 두 번째 별이 미자르이다:옮긴이) 구역에서 바다가 없던 것은 아이딜와일드였어."

"나는 바다를 볼 시간이 없었어."

아편쟁이가 씩 웃으며 말했다.

"하지만 그들이 우리가 지구를 떠났을 때처럼 부지런하면 좋겠군."

"매매 가격은 나쁠걸. 지독한 보스턴 우주선이니까."

여자가 말했다.

"흠잡지 말라고."

아편쟁이가 말했다.

"우주선년으로 2년 전 우리가 여기 내렸을 때는 최고의 배였다고."

"저기 있어요!"

빌이 말하면서 또다시 정위치를 떴다.

아주 잠시 후에 함교는 메토닉 위치 탐사 장치들(다른 우주선의 위치를 찾아내는 기계 : 옮긴이)의 도움으로 그 우주선을 찾아냈고, 중력 문제 때문에—이러한 항행 자세에서는 우주선의 갑판이 행성 표면과 수직을 이루기 때문이다—제2사령탑의 불편한 상황은 그들이 꽁무니를 내리면서 우주선의 이물이 하늘 쪽을 가리키자 해결되었다.

20분 후에 그들은 천둥소리가 나는 바다 옆 우주선 끝에 앉아 있었다. 바다는 깊어진 어둠 속에서 빛났고 각 우주선의 승무원들은 날아드는 모래 위에서 뒤섞였다.

알랜은 혼자 서서 땅을 밟는 느낌을 즐기며 맑은 공기로 숨 쉬는 것에 기뻐했다. 또 여기서 보내는 시간은 지구의 시간과 똑같았기 때문에 좀 덜 초조했고 근심도 멀어졌다.

주위의 무리들 속에서 들리는 일부 이야기들로부터, 그는 두 우주선이 전에 만난 적은 없지만 서로 알고 있다고 짐작했다.

알랜은 기나긴 항해를 하는 두 우주선의 사람들이 공통 주제를 찾으려고 애쓰는 것을 한동안 듣고 있다가 진저리를 쳤다. 그들은 같은 도시, 올드앤젤레스에서 태어났고 마흔 살 안팎이었다. 그러나 왕의 사자 호에 탔던 우주인의 가족들은 사냥개 호의 우주인이 태어나기 200년 전에 흩어지고 잊혀졌다. 그리고 그들이 '그렇게 가까운 시간에' 존재했던 것을 우연의 일치로 여겼다. 그들은 담배를 교환하고, 몇 가지 나눌 수 있는 대화 주제를 찾아보았지만, 얘기 몇 마디로 올드앤젤레스 이야기는 끝나버렸고 할 말이 없어졌다. 그러고 나서 둘 중 하나가 희망을 담아 데네브 행성의 케이터디스에 사는 여자들의 사근사근함에 대해 이야기를 꺼냈지만 다른 쪽에서 놀라움을 표시하는 것으로 바로 이야기가 끝났다. 왜냐하면 그가 그 지배 종족을 방문했던 시기에는 아프리카 난쟁이 족을 노동력으로 들여왔기 때문이었다. 그들은 마침내 최적의 화학 연료 혼합에 관한 서로의 관심을 찾아냈고, 오랫동안 이야기할 만한 주제에 이른 것에 대단히 안도하며 앉아서 즐겁게 이야기를 나누었다.

알랜은 이리저리 거닐며 외로움과 사람들이 외면하는 시선을 느꼈다. 그는 저무는 별이 내뿜는 마지막 빛이 구름들을 푸른빛과 금빛으로 물들이는 어두워져 가는 하늘을 올려다보다가, 지구에서 보는 풍경과 너무 낯설어 갑자기 낙담이 되었다. 자신이 어디 있는지, 고향에서 얼마나 헤아릴 수 없이 멀리 떨어진 곳에 있는지 깨달았던 것이다.

근처에서 낯익은 목소리가 들려왔다. 파도 소리에 섞여 희미하긴 해도 밤의 실바람을 타고 전해왔다. 이제 해안을 따라 충분히 어두워져서 다양한 무리들 속에 빛나는 담뱃불들을 볼 수 있었고 그는 눈에 띄지 않게 사자 호의 선장과 조슬린 바로 근처에 서 있었다.

조슬린은 부풀어 오르는 격렬한 파도에 맞선 모습으로 부목 위에 앉아, 쇄도하는 파도에 돌멩이를 던지고 있었다.

"철저하게 조사한 게 확실하오?"

조슬린이 묻고 있었다.

"녹초가 돼서 자빠질 정도로, 살필 수 있는 한 멀리까지요, 선장. 화덕 속의 빵, 들판의 쟁기, 돼지와 닭들은 온통 야생의 것이 되어버렸소. 나는 지난 행성주일에 대기 우라늄 약간을 거래하려고 왔소."

"내가 빗나가도록 하려는 속임수는 아니겠지, 선장?"

"조슬린, 비록 내가 보스턴 출신이지만 어떤 사람이라도 그렇게 아깝게 원자를 태우게 하지는 않을 거요. 내가 제일로 저주하는 적이 아니라면 말이오."

조슬린은 또 다른 돌멩이를 던졌다.

"광산들은 어떻소?"

"당신 지금 광산을 생각하고 있는 게 아니잖소?"

"원래는 습격할 생각이었소. 광산이 괜찮군, 습격 말고."

"글쎄, 내가 그 위를 돌아다녀 봤는데 괜찮소. 하지만 내 비행정으로 엿새 동안 봤는데 드러나는 게 없더군. 그들은 일을 접고 떠나버렸소."

"나는 우주선년으로 1년 전 여기에 있었소. 하지만 내 계산으로 그게 여기서는 600행성년이군. 느림보!"

"예예!"

사자 호의 여자들 무리에서 대답하는 소리가 들리더니 이내 느림보가 비틀거리며 나왔다.

조슬린이 말했다.

"느림보, 우리한테 풀리지 않는 문제가 있네. 해안을 쭉 따라서 둘러봐. 빌 고던을 데려가서 머무를 만한 곳을 찾을 때까지 찾아봐."

"예, 예, 선장. 제기랄, 또 빈손이군요. 이봐, 빌!"

열 살짜리 아이가 눈을 동그랗게 뜨고 반짝반짝 빛내며 그의 어머니로부터 깡충깡충 뛰어왔다.

느림보가 말했다.

"빌, 너는 마침 네 신나는 옛 생활을 즐기려는 참이었지. 자, 자! 조크더러 진짜 멀리 날아가라고 해. 안녕한가, 알랜. 사람들 좀 데려가서 저 지긋지긋한 부목들을 은빛 해변에서 치워주겠나?"

듀스가 뒤에서 탐조등에다 불을 밝혔고 10분쯤 지나 몽땅한 날개의 제트 비행기가 검은 하늘 속으로 선명하게 타오르며 사라졌다.

알랜은 자신이 풀이 무성한 어느 길을 따라, 무너져내려 이끼로 뒤덮인 둥근 무더기가 된 벽들 사이로 도시를 향해 가는 무리들과 함께 걷고 있다는 것을 알았다.

그러나 그는 그 도시에서 많은 것을 건질 수 없었다. 지붕이 여전히 건재한 곳은 집 안으로 들어갈 수 있었는데 거기서 어수선한 장난감들과 차려놓은 식탁들, 그리고 지난 50년 동안 바다 공기에 닿지 않고 남아 있는 옷가지들을 발견했다. 이리저리 돌아다니던 우주인과 여자들은 아무것도 건드리지 않았다. 정직해서가 아니라 운에 몹시 예민

하기 때문이었다. 그러나 이내 그들의 미신에 대한 믿음은 희미하게 사라져, 낡아빠진 공원 의자들로 모닥불을 만들고, 야생 돼지 한 마리를 심판하여 사형에 처하고는 신속하게 요리해서 먹어 치웠다. 다른 누군가가 저장고를 찾아내었고 알랜은 자신이 이미 달콤한 포도주 잔들로 머리를 비우고 노래하는 승무원들의 바깥쪽에 앉아 있는 것을 깨달았다.

싸늘한 새벽에 이르러서야 조슬린이 그들을 발견했고 느림보는 녹초가 된 채 다양한 자세로 엎어져 있는 양쪽 배의 승무원들을 깨우느라 열심이었다. 그리고 그 행성에 머무르는 동안 사자 호나 사냥개 호의 남녀를 불문하고 그 달콤한 포도주 이야기를 하며 진저리치지 않는 이가 없었다.

그들은 광산 지역으로 착륙지를 옮겼고, 수많은 저주와 항의를 늘어놓으며 방사능 측정기에 눈을 밝힌 채 우주인들은 광부로 바뀌었다.

열흘 후, 탑재량이 안전 한계선에 이르렀을 때 우주선은 온통 흙냄새로 뒤덮여 있었다. 그들이 지구를 위해 땅속을 파헤치는 동안 사자 호는 또 다른 광산 시장을 갖고 있는 쌍둥이자리의 베타성을 향해 우주로 나갔다.

식민지의 운명에 대해서는 아주 희미한 단서조차 발견하지 못했다.

"자네의 별 지침서에 적어놓으라고, 헤일."

조슬린이 말했다.

"조니스 랜딩은 식민지로서의 가능성이 있음. 약간의 지력을 가진 식민지로서 말일세."

TO THE
STARS

머나먼 우주에서 펼쳐지는 시공을 초월한 모험기

제9장

망보기가 돌아가면서 알랜 코다이의 가슴속에는 희망
이 세차게 박동쳤다. 모순되게도 그는 망을 볼 때마다 자신이 속도를
더 높이고 싶어하는 것을 깨달았다. 그건 미친 짓인 게 분명했지만 그
의 이성과 논리적인 부분은 아직 미완숙 단계였고 집이란 감정적인
영역이었다.

그는 '집'으로 가고 있었다. 그는 지구에서 자신이 얼마나 떨어져
있는지, 우주선의 시간으로 얼마나 지났는지 아니면 지구에서 얼마나
많은 해가 지났는지 몰랐다. 그러나 그는 젊었고 망보는 일이 한 번
한 번 지날 때마다 희망은 더 높이 날갯짓했다. 아마도 15년 이상은

지나지 않았을 것이다. 만약 그게 사실이라면, 그는 목표를 이룰 수 있다.

이제 의무로부터 물러날 생각은 없었다. 그는 신속하게 명령에 순응했고, 꼼꼼히 의무를 이행했으며, 숨어 있는 아편쟁이의 모습을 비웃었다. 그가 최고의 망보기 승무원에는 많이 못 미칠지는 몰라도 자기 일을 열정적으로 하기 시작한 지 얼마 지나지 않아 수월하게 우주선 위에서 조슬린 다음의 최고가 되었다. 그는 항해가 아니라 우주선의 수리와 통제에 대해 연구했다. 속도를 떨어뜨릴지도 모르는 모든 발생 가능한 종류의 사건과 사고들을 생각했고 어떻게 하면 각각의 문제들에 가장 잘 대처할 수 있는가 하는 방법을 철저하게 익히기 시작했다.

이전에 그의 분위기가 어쨌든 간에, 이제 누구도 그에 대해 불평할 수 없었다. 며칠 동안, 실제로 명석한 두뇌를 가지고 꾸준히 몰두하더니, 그는 이 큰 우주선의 모든 비상 훈련을 소화해 냈고 피해 관리에 숙달되었으며 우주선 조종에 완벽해졌다. 그는 성간 항행 절차에 관해 헤일을 엄하게 혼냈는데 그 와중에도 헤일은 쉽게 산만해져서 몹시도 부주의했다가 정확해졌다가 했다. 놀랍게도, 헤일은 그의 비위를 잘 맞췄고 상냥하게 활짝 웃는 웃음으로 북돋우기까지 했다. 이 항해에서 단축되는 우주선 시간의 1분 1분이 알랜에게는 지구 시간에서 며칠을 아끼는 걸 뜻했다.

알랜은 명랑하고 기민했으며, 우주선 생활로 인해 의심이 몸에 배인 함교 승무원들까지도, 흔쾌히 그를 '상사님'이라고 부를 정도로 따뜻하게 대했다. 그는 반란 같은 것은 까맣게 잊어버린 채 퀸 옆을 지나기도 했다. 듀스에 대해서는 속도 조정 때문에 좀 더 엄해지곤 했다. 조슬린은 필요악으로서 그를 고생시켰는데, 그자가 뭐든 간에 알랜을 집으로 데려가고 있다는 것을 긍정적으로 받아들였다.

알랜은 사소한 불편들에 대해서는 쉽고 자연스럽게 웃어넘기기 시작했다. 그는 우주선의 영속적인 물 부족으로 인한 더러움에 초연해졌고 승무원들의 옛날 말투와 관리들의 이상한 윤리 의식에 아주 관대해지기 시작했다. 그는 관용을 허용할 수 있었다. 그는 '집'으로 돌아가고 있었기 때문이다.

때때로, 그의 선실이 어두워지고 우주선의 외피가 바깥의 절대 영도 때문에 싸늘할 때면, 현실성과 의심이 그의 마음의 표면 위로 뚫고 나오려고 했다. 그러나 그는 그것들을 제쳐버렸다. 그는 젊었고, 희망이 있었고, '집'이 있었다.

우주선 위의 다른 세 사람만이 그 문제에 관심이 있었다. 배의 승무원들에 비해 알랜은 또 다른 장점을 지니고 있었다. 그들은 부랑자들이기 때문에 어느 곳에도 속하지 않았다. 그들의 시간은 너무 먼 과거에 속해 있었고 마침내 어디에도 희망이 없는 자들이었다. 그러나 그는 달랐다. 그와 함께 강제로 승선한 세 명의 우주인들은 집으로 돌아가길 간절히 고대했다. 다른 열한 명의 사람들은 무관심했는데, 지구를 좋아할 만한 이유가 없었기 때문이다. 그러나 그 세 명과 함께 있으면, 알랜은 자신이 지구의 신나는 일들에 관해 종종 떠들고 있는 것을 알았다.

그들은 관리들로 넘쳐나고 소란스러운 정부에 대해서는 잊었다. 신(新)뉴욕이 얼마나 더운지도 잊었다. 그들은 인종적 다툼과 경제적 문제들도 잊었다. 그들에게 지구는 어떤 결점도 없는 천국이었고 눈감아도 잊혀질 수 없는 곳이었다.

때때로 망보는 근무 중에, 헤일과 함께 연구하거나 약간의 사고를 요구하는 일상적인 업무를 좇다 보면, 시간 방정식들이 일깨워져 그를 괴롭히곤 했다. 그것들은 너무나도 정확한 것들이었다. 아인슈타인에게도 로렌츠에게도 절충안은 없었다.

$$M_v = \frac{M_0}{\sqrt{1 - \dfrac{V^2}{C^2}}}$$

$$T_v = T_0 \cdot \sqrt{1 - \frac{V^2}{C^2}}$$

그리고 가끔씩 그 수식들을 종이에다 무심코 끼적거리다가, 자기가 뭘 하고 있는지 깨달으며 속도—초당 18만 4,000마일 이하인 경우는 거의 없었다. 대개는 그 이상이었다—에 대한 그것들의 값에 깜짝 놀라며 공포에 질려 지워버리곤 했다.

그는 일부러 잊으려고 애를 썼는데 한 번 이상 그의 별도 작업 용지 위에다 귀항 때의 망보기 숫자를 틀리게 적었을 때 그것을 깨달았다. 그가 깨닫지 못한 것은 네 번인가 그 이상의 연이은 작업 기록에다 같은 망보기 숫자를 적으며, 일부러 지구로 향하는 길에 걸리는 우주선 주일들의 숫자를 완전히 자신에게 속이곤 했다는 것이다.

우주선이 나아가는 동안 그의 의욕은 병적일 정도로 지나친 흥분 상태였기 때문에 다른 사람들이 다 알아챌 때까지도 알랜 자신은 몰랐다. 그는 모든 것에 대해 아는 척 잘난 체하며 돌아다녔지만 아직까지 지구에서 잃어버린 시간을 계산하는 것은 허락받지 못했다.

그는 노래 부르는 데 끼어들고 헤일과 주사위 포커 게임 비슷한 카드놀이도 했다. 그는 야심찬 계획들을 세우고 빈틈없이 실행할 준비를 했다. 안달하는 심정으로 그는 병실에서 스트레인지를 체스판 위의 냉혹한 승부의 세계로 끌어들이면서 의사의 허영심을 자극했다.

"알다시피, 체스에는 웃긴 점이 있어요. 그렇게 신랄하게 당하는 것을 사람은 부끄럽게 여기죠. 내 생각에는요, 그 안에 아무런 운이 없기 때문인 것 같아요. 수로 꼼짝 못 하게 하는 건, 한 인간의 머리가 얼마나 좋은지 솔직하게 이야기해 주는 거라고요."

알랜은 이겼고, 돌아가는 여행의 반이 끝나기도 전에 스트레인지의 전체 봉급에다 3,000달러까지 덧붙여 돌려받았다. 여기에 우라늄 화물에 대한 몫을 더해 알랜은 급료를 정리할 때 거의 2만 4,000달러를 받을 예정이었다. 그리고 마르비의 무시무시한 소리에는 갑자기 귀머거리가 된 척했다.

"우리가 도착했을 때 지구에서 여전히 저 물질을 사용하길 바라자고요. 금을 가지고 두 번 돌아갔을 때 무슨 일이 벌어졌는지 기억나요?"

알랜은 속도를 높이며 그들이 빨리 갈수록, 지구의 시간을 더 많이 잡아먹는다는 것을 부인했다. 그리고 스스로에게 계산식을 속였다. 알랜은 자기 혼자만의 노력으로 이 벼룩 서커스 호를 집으로 떠밀고 있는 것처럼 느꼈다. 그것은 그에게 행복한 시간이었다. 치카는 바뀌지 않았을 터이고 뉴시카고는 그냥 뉴시카고일 것이다. 그리고 한때의 급우들에게 그가 별들 속에서 겪은 놀라운 여행에 대해 이야기한다면 얼마나 신나겠는가. 아마도 썩 괜찮은 식탁의 화젯거리가 될 것이다. 사라져버린 거주지에 대해서도 가볍게 언급하고 이렇게 덧붙이며 끝맺는 것이다.

"그런 우주선들 위에서는 누구랑 사귀게 될지 알 수 없다니까. 왜 그 왕의 사자 호에는 살인자가 타고 있었거든. 말이 난 김에 말이지, 그건 2000년 전에 보스턴인가 하는 곳에서 만들어진 거야."

그리고 치카는 환히 웃으며 포도주를 가져오고 친구들은 더 이야기해 달라고 재촉할 것이다.

"알랜."

조슬린이 차갑게 말했다.

"자네의 백일몽에서 잠깐 짬을 내줄 수 있다면, 우현 트랩의 작동을 준비시키게나. 새 도르래 두 개와 버팀대가 필요해. 우리는 이제 점진적으로 속도를 줄일 거라 한 사람도 정규 위치에서 벗어나면 안 된다고."

"거의 다 왔다는 말씀인가요?"

"열 번 망을 봤네, 알랜. 우리의 발열기가 우주선 날짜로 이틀 동안 태양 입자들 위에서 뛰고 있었다고. 아니면 자네 어디 딴 세상에라도 갔다왔나?"

그리고 나서 창공에 사랑스러운 모습이 초록빛, 푸른빛으로 반짝이며 그들 앞으로 나아왔다. 지구였다! 지구는 위풍당당한 여왕처럼 그들에게 다가왔고 은빛 수증기에 감싸여 있었으며, 옆에 시동인 달을 거느리고 있었다. 그리고 태양의 코로나는 환영의 불꽃놀이로 지구 위에서 타올랐다.

알랜은 초조함으로 떨며 마음속에서 노호하는 감정들 때문에 콧구

멍을 벌름거렸고, '어리석은 조슬린'의 지각 없는 경계 조치들에 괴로워했다. 왜냐하면 대기권으로 들어서면서 느림보가 듀스와 함께 '정찰병을 데리고 전쟁이나 소요가 일어난 지역의 위치를 알아내어, 어떤 신무기들이 미칠 수 있는 가능한 범위나 정확도에서 충분히 벗어나 비행할 수 있도록 착륙을 돌보기 위해' 가버렸기 때문이다.

다섯 시간 동안 그들은 간신히 대기권 제일 끝 안쪽에 있으면서 여러 경로로 움직이며, 모든 탐지기를 경계 태세에 둔 채 전투 부서들에 서 있었다.

'지각 없는 경계 조치야.' 알랜은 약이 올랐다. 그들이 떠났을 때에는 아무런 전쟁의 낌새도 없었고 20년은 거슬러 올라가야 전쟁을 찾아볼 수 있을 거였다. 그리고 실제로, 그 경계 조치들이 지각 없는 것이었다는 게 명백해졌다. 새벽녘 그들은 뉴시카고의 평원에 내려 지구에서 가장 큰 우주 공항의 우주선 비행장에 들어섰기 때문이다.

"모든 선원은 식당에 모여 지침을 받아라."

스피커 소리가 우주선에 울려 퍼졌다.

"선장이 수고했다고 하셨어요."

스누저가 기적같이 깨끗한 얼굴로 환하게 미소 지으며 말했다.

"그리고 알랜 씨는 선장의 선실로 가 있으라고 하셨어요."

알랜은 세상이 사랑스러웠다. 그는 스누저의 이마를 가볍게 토닥거렸다.

"그래, 그래, 백작부인."

그는 전에 한 번도 선장의 선실에 가본 적이 없었고 지금도 눈여겨 보지 않았다. 오로지 한구석에 둘둘 감긴 낡은 엔진들 몇 개가 있다는 것과 큰 공간이라는 느낌만 들었다. 왜냐하면 그 선실들은 함대 원수의 것이었고, 오래전에 죽은 군인을 위해 만들어진 것이었기 때문이다.

조슬린은 특별히 불친절해 보이지는 않았다.

"앉게, 알랜 코다이."

초조하게 알랜은 앉았다. 그는 조슬린의 정부인 루크의 따뜻한 눈빛을 느꼈다. 그녀는 문과 채광창 사이에 가로놓인 틀에 앉아 조슬린의 권총집과 총을 소재하는, 부인이 할 것 같지 않은 일을 하고 있었다. 조슬린이 말했다.

"우리에게는 몇 가지 힘든 문제들이 있었지, 알랜. 하지만 기나긴 항해의 일반적인 경로에는 더 나쁜 것들이 많아."

알랜은 획 고개를 끄덕이며 빨리 나가게 되기만을 바랐다.

"자네는 아주 젊어. 그리고 배워야 할 게 많지. 하지만 적응력으로 인해 언젠가는 사령부의 훌륭한 3인자가 될 수 있을 걸세."

그는 다리를 쭉 뻗고 작은 탁상용 칼을 손에서 손으로 톡톡 던지기 시작했다.

"자네는 아마도 우리와 함께 갔을 때 자네의 자유가 침해당했다고 생각할 터이고 우주선 위에서 받은 대우에 의심할 바 없이 불평할 것이 넘쳐나겠지. 아직도 오른손에 있는 두 개의 작은 상처가 보이는군. 미안해, 알랜. 그런 수단들은 어쩔 수 없었네. 자네가 모르는 게 많아."

알랜은 의자 안에서 몸을 비비꼬며 정중해지려고 애썼다. 지금은 예의 발라질 수 있었다.

조슬린은 애써서 이야기하고 있는 것이었지만 알랜은 그것을 눈치 채지 못했다. 알랜은 다시는 보지 않을 것이고 알고 싶지 않은 한 남자를 보고 있을 뿐이었다.

"알랜 코다이, 나는 현재 임금과 자네 지위가 우리가 떠날 때까지 열려 있다는 것을 자네가 알아주길 바라네. 우리는 여기에 열흘 안팎으로 머물 걸세. 우주 기지의 충고에 따라, 우리는 진보적으로 고안된 새로운 드라이브를 탑재하기 위해 조선소로 내일 위치를 옮길 거야. 정박 위치는 197번이고, 사람들이 짓고 있는 새로운 창고에서 북쪽으로 300미터쯤 떨어져 있지. 우리를 찾는 데에는 아무 문제 없을 걸세."

알랜이 말했다.

"내가 거기서 당신을 볼 일은 절대 없을 겁니다. 내가 그래야 할 어떤 가능성 있는 이유도 생각할 수 없군요."

"한 인간에게 일어날 수 있는 더 나쁜 일들도 있지."

조슬린이 말했다.

"설령 그런 일들이 있더라도, 선장. 나는 그 어떤 경우도 생각할 수 없군요."

조슬린은 입술을 깨물었다. 그는 알랜을 뚫어지게 쳐다보다가 책상 위의 무슨 판에 손을 뻗어 종이 한 장을 꺼내더니 그 위에다 알랜의 이름과 노무 사항을 적었다. 그러고 나서 우주선에 새로이 실린 어떤 가방에서 지폐 뭉치를 꺼냈고 1만 5,000달러를 세어놓았다. 여기에다 9,000달러를 더했다.

"스트레인지 박사에게서 체스로 딴 것과 화물의 몫일세."

그는 그 지폐들을 알랜 쪽으로 내밀었다. 그 돈들은 재빨리 남루해진 하얀 재킷의 안주머니 속으로 사라졌다. 조슬린이 말했다.

"나한테 새 옷이 좀 있네. 그 옷은 목의 기장을 보니 10등급인 재킷이군. 기껏해야 자네는 약간의 작은 변화들만 발견할 거야. 나는 착륙할 때 우리의 안전 말고는 아무것도 조사하지 않았어."

알랜은 일어나 섰다. 그는 루크에게 짧고 형식적인 경례를 했고 조슬린 선장에게도 경례했다. 조슬린이 말했다.

"지금 다시 생각하지 않겠나?"

그러고 나서 갑자기 말했다.

"자네가 발견하게 된 것을 아마도 좋아하지 않을 거야, 알랜. 내 말을 믿어, 첫 번째 귀항은……."

조슬린은 그 말을 도중에 삼켜버리고 일어섰지만 손을 내밀지는 않았다. 이해하기 어려운 비통한 표정이 그의 잘생긴 얼굴에 돌연 돌아와 있었다.

"자네는 그러지 않으리라는 것을 아네. 잘 가게, 알랜 코다이 군."

알랜은 다시 경례하고 홱 돌아섰다. 그는 승강구 계단에서 눈을 커다랗게 뜬 채 어리벙벙한 스누저를 발견했다. 그는 멈춰 서서 그녀의 손에다 지폐 한 장을 쥐어주고는 농담을 했다.

"비누를 사렴, 백작부인. 내가 내는 거다."

그러나 그는 잠시 멈춰 있는 사이에 열린 문 사이로 조슬린이 흘끗 쳐다보는 것을 보았다. 그는 독한 술을 따르고 잔 속에다 또 무슨 가루를 타고 있었다. 그는 그것을 벌컥 들이켜고 나서 바닥에다 내팽개쳤고 술잔은 수천 개의 다이아몬드처럼 부서졌다.

알랜은 그 일을 모르는 척 돌아서서 스누저의 머리를 다독거려주고는 서둘러 선미 쪽에 있는 트랩으로가자 거기 서 있던 보초가 경례를 했다. 알랜은 등 뒤에서 한 소녀가 흐느끼는 소리를 들은 것 같았다. 그는 상륙 허가를 받지 못한 어느 우주선 아이일 거라고 생각했다. 그러고 나서 그는 이제 우주선의 저편에 있었다.

떠나면서, 그는 자신이 새롭게 조립한 도르래들이 원활하게 돌아가 트랩이 지상까지 정확하게 이르는 것을 눈치 챘다. 그러고 나서 우주선을 향해 뒤도 한 번 돌아보지 않고 곧바로 주위에서 어슬렁거리는 택시를 불러 탔다.

TO THE STARS

머나먼 우주에서 펼쳐지는 시공을 초월한 모험기

제10장

택시는 경쾌하게 미끄러져 나갔다. 택시 운전사는 한 손으로 운전을 하며 오른팔은 운전석 뒤에다 걸치고, 흥미진진한 표정으로 운전 내내 승객을 곁눈질하고 있었다.

"이봐요, 젊은 양반. 저건 화성 우주선인가 뭔가 아니오? 저렇게 생긴 건 본 적이 없는데."

알랜은 지금의 세상이 딱 좋았다.

"저건 하늘의 사냥개 호입니다."

"들어본 적이 없구려. 대부분의 정기선들은 다 아는데."

"저 우주선은 기나긴 항해에서 돌아왔어요."

택시 운전사는 깜짝 놀라서 뒤창을 통해 돌아보았다가 속도를 좀 더 높였다.

"왜 동업자에게 이런 이야기를 해주는 사람이 없지? 나는 저 우주선이 착륙할 때 바로 거기 있었다오. 그러면서 술 고픈 친구들을 데리고 신나는 놀이들이 벌어지는 술집들 주위로 밤새 돌아다닐 줄 알았는데. 어휴! 나한테 가르쳐줘서 고맙군, 젊은 양반. 그 아가씨들은 남자가 고프다오."

그는 갑자기 알랜에게 몸을 돌렸다.

"기분 나쁘게 하려는 게 아니었수, 이해할 거요. 나는 그럴 의도는 없거든."

"나는 저 우주선과는 일이 끝났어요."

알랜이 행복하게 말했다.

"그리고 당신이 무슨 이야기를 하는지 압니다."

택시 운전사는 마음을 놓았다.

"글쎄, 그렇다면! 저들하고 자주 엮이지 마시우. 저 비열한 놈들 중에 하나가 주위를 어슬렁거린 지 두세 달 됐거든. 그리고 경찰들이 열 배는 깊숙이 숨어서 우주선이 떠나지 못하도록 하고 있으니까. 하지만 소용없지. 왜 누가 그들에게다 꼬리표를 붙이지 않는지 궁금해. 그러면 스스로들 조심할 텐데. 하지만 빌어먹을, 보안부가 똑같은 우주선을 다시 잡을 만큼 오래 권력을 유지하고 있는 경우가 거의 없으니까. 일전에는 누군가가 그 우주선들이 필요악이라면서, 특별한 부를 만들어내고 엄청난 가격으로 조선소들에다 노동력을 제공한다고 주장하는 걸 읽었지. 하지만 나는 사실 그걸 이해 못 하겠어. 이제 화성인 운항 승무원들이 있는 멋지고 조용한 파티로……, 우리가 처음으로 만든 큰 술집 거리가 뭔지 내가 말 안 했군, 젊은 양반. 당신은 오랫동안 가 있었수?"

"아주 오래는 아니요."

알랜은 확실하게 말했다.

"그리고 나는 방탕한 밤을 향해서 가고 있는 게 아닙니다."

"글쎄, 하룻밤은 즐길 수도 있는데. 내 알려줄테니 그렇게 빨리 결정하지는 말구려. 교회가 힘을 잃은 후부터는 늘, 오래된 뉴시카고는 단속이 허술하고 술고래들로 넘쳐났지."

알랜은 고개를 끄덕였고, 장래의 기대들과 주머니 안에 든 2만 4,000달러에 정신이 팔려 있었다. 그래서 택시 운전사의 말은 그의 생각들과 정확히 맞물려 돌아가지 못했다.

"뭐라고 하셨죠?"

"단속이 허술하다고!"

택시 운전사가 말했다.

"예를 들어, 거기엔 봅스네 노예 수용소라고 있는데, 거기서 필러루 한 잔을 얻을 수 있지, 한 가득."

"내 말은 교회 어쩌고 하는 거요."

알랜은 여전히 어떤 소식도 심각하게 받아들이지 않기로 단정한 상태로 말했다.

"뭐라고요?"

"당신이 교회가 힘을 잃은 후부터라고 했잖소. 나는 권력을 가진 교회가 있었다는 건 몰랐는데."

택시 운전사는 어리둥절해서 뒤돌아보았다.

"이보쇼, 젊은 양반. 당신 오늘 밤에 이미 두어 잔 이상 걸치지 않은 게 확실하우?"

그리고 나서 그는 어깨를 으쓱했다.

"그런 건 이미 다 잊어버린 모양이군."

"무슨 일이 일어난 겁니까?"

"아아, 보수주의자들이 '인민'들을 억압하기 위해 교회를 정비했지. 그게 작년 전쟁 직후였는데."

"전쟁? 무슨 전쟁요?"

온갖 노력을 했는데도 알랜의 심장은 내려앉기 시작했다.

"이것 봐요, 젊은 양반. 내가 아는 건 내가 8학년 때 배운 것뿐이오. '그' 전쟁이지, 당연히."

"우리가 이겼습니까?"

"젊은 양반, 전쟁에 승자가 어딨소? 하지만 보수주의자들이 이겼다고 말할 수 있겠군. 베거스 조합은 그 모든 싸움을 치른 뒤에 뿌리째 뽑혔지."

"베, 뭐라고요?"

"그건 '인민당'의 다른 말이지, 젊은이. 그들은 그들의 교회가 있었다고 들었소. '핵분열' ……, 아니지, '전기학자'인가……. 제기랄, 그무슨 교회 말이오. 그리고 사제들은 모두 화형당했어요. 내가 꼬마였을 때 한 명을 봤지. 그들은 그를 골목길에서 찾아내어 머리카락에 불을 붙였지. 나는……."

"전 아주 혼란스럽군요."

알랜이 말했다.

"무슨 교회가 이겼습니까?"

"아아, 내가 들은 이야기에 따르면 그 보수주의자들의 조직은 교회가 아니었소. 그건 방송으로 설교를 했는데 체면이라나, 뭐 그런 방법을 사용했다더군."

"최면이오?"

"흠, 당신 좋을 대로 생각하쇼. 하지만 그게 뭐였든, 보수주의자들은 확실히 사람들이 잠시 동안은 인생을 즐기도록 만들었지. 그러고 나서 코너스가 혁명을 일으켰고 교회를 폐지하고 기독교회라 불리는 새로운 걸 만들었지. 나는 거기 속해 있다오."

알랜은 이 모든 것을 하나의 시간 궤도에 짜 맞추려고 애썼다.

"어쨌든, 당신은 재미있는 걸 굉장히 많이 놓쳤구려. 우리한테 진짜 말썽이 있었던 후로는 세월이 많이 흘렀지만, 이따금은 누군가가 누군가를 보수주의자로 고발할 테고. 그러면 신나는 소동과 불을 뿜는 잔치와 공짜 맥주가 있을 거요. 우리한테는 이제 괜찮은 사람이 있다오. 저스티니우스 머피라고."

"뭐……, 누구요?"

"물론, 공화당원이지. 이봐요, 당신 공화주의자지, 아니우? 아닌 사람은 태우지 못하게 되어 있거든."

운전사는 차를 돌리더니 딱딱한 표정을 지었다. 갑자기 그는 조종 장치를 확 잡아당기고 제동을 걸었다. 그러고 나서 몸을 돌려 문을 열었다.

"젊은이, 미안해. 하지만 나는 위험을 무릅쓸 수 없다오. 여기는 자유 국가이고 모두가 제 원하는 대로 하니 어쩌니 하지만, 나는 보고를 해야 하거든."

"이것 봐요."

알랜이 딱딱하게 말했다.

"나는 10년인가 15년간 가 있었어요, 정말로 말입니다. 하지만 택시 운전사가 손님더러 내리라고 말하는 건 진짜 까마득한 옛날에나 있을 법한 일이군요."

"당신이 말한 근처까지 왔어요. 걸어갈 수 있는 거리라오, 젊은이."

알랜은 그자를 한 대 패줘야 할지 구슬려야 할지 몰랐다. 그는 예전 방식을 시도해 볼까 하다가 그만두었다.

"안 돼. 미안해, 친구. 위험을 무릅쓸 순 없다고."

그는 계급이 낮은 사람들과 일을 벌이는 것에 익숙하지 않았기 때문에 점잖게 걸어가려고 택시 문을 열고 발을 내디뎠다. 그는 보수로 받은 돈 중 일부 잔돈이 있어서 동전을 내밀었다. 운전사가 어처구니없는 눈으로 그것을 쳐다보기에 그것보다 네 배는 더 큰 돈으로 바꾸자 운전사가 받았다. 알랜은 운전사가 가지고 다니는 돈이 가운데가 반짝이는 은화라는 것을 처음으로 눈치 챘다. 그가 지닌 지폐는 이상한 인쇄 이외는 거의 눈에 띄는 게 없었다. 택시 운전사가 말했다.

"보아하니 당신은 임금님 놀이를 하고 있나 본데. 내 생각으로는 그 외투를 벗는 게 나을 것 같소."

"왜죠?"

"하양잖아! 그걸로 충분치 않나? 흠, 나쁜 뜻이 있어서는 아니우, 젊

은 양반. 가롯 유다(성서에서 예수의 12제자 중 한 사람으로 나중에 배신한
다:옮긴이) 같다고!"

그러더니 운전사는 무언가를 발견한 듯 창백해져서 뒤로 움찔했다.

알랜은 자기 가슴을 의아하게 흘끗거렸다.

"또 뭐요?"

운전사는 반쯤 성이 나서 말했다.

"이런, 젊은이. 자살은 어디서해도 좋지만, 내 주변에서는 안 되지.
그 칼라 태브(복식에서 장식용으로 겹쳐 댄 띠:옮긴이)를 떼어내기 전에
는 열 발짝도 걸어가지 마쇼!"

"왜죠?"

"왜냐고? 맙소사. 그 기술자들, 10등급인들! 나는 그걸 역사책에서
나 봤다오. 독수리, 컴퍼스 따위를! 당신은 세상을 누가 지배했다고
생각하는 거요?"

알랜은 갑작스럽게 구토가 이는 걸 느꼈다. 위험이 코앞에 있어서
가 아니었다. 자신의 동료들이 한때 왕들이었다는 것을 깨달았기 때
문도 아니다. 그 '때' 가 지나가 버렸기 때문이다.

"역사책들이라고요."

그는 멍청히 되풀이했다.

그러나 택시는 가버리고 없었다.

한 시간 후, 여전히 무시무시한 예감과 싸우며, 낯익은 이름의 거리
들 옆에 서 있는 낯선 건물들을 무시하려고 애쓰며, 알랜은 작은 공원
으로 갔다. 그것은 제2레벨에 있는 어느 광장이었고, 낮에는 햇빛에

밤에는 별빛에 사방이 열려 있었다. 그것은 변하지 않았다. 벤치들과 가로등은 똑같았고 그중 한 벤치에 앉아 그는 재빨리 주위를 탐색했다. 그리고 그를 집어삼키려고 위협했던 것으로부터 빠져나온 안도감에 짧고 행복한 웃음을 터뜨렸다.

거기에는 하나의 심장과 하나의 화살 그리고 두 개의 머리글자들이 초등학생의 서투른 솜씨로 새겨져 있었는데 칠 때문에 거의 알아보기 힘들었다.

'A.C.는 C.M.을 사랑해.'

유치한 짓이었지만 즐거운 일이었다. 그들은 어렸고 그것은 두 번째 데이트였으며 달빛은 상위 구역에 난 구멍들 사이로 쏟아져내리고 있었다.

"철부지들이었지."

알랜이 말했다. 그는 그 머리글자들을 손으로 더듬어 따라갔다.

"세리타 몬트그레인."

치카였다. 글쎄, 그녀는 여기 이 도시의 어딘가에 있을 것이다. 그는 자기가 그녀를 찾아내리라는 것을 알았다. 아마도 그녀는 지금의 그보다 약간 더 늙었으리라. 어쩌면 머리가 하얗게 셌을지도, 맙소사! 그러나 그것은 그의 잘못이었고 그녀는 약속했으며 모든 것은 잘되어가는 중이었다. 그는 학교 때, 조던 캐시라는 한 친구를 알았는데, 그는 마흔 살 먹은 여자와 결혼했고 그들은 한 쌍의 비둘기처럼 행복했더랬다. 나이가 뭐란 말인가? 나이가 무슨 문제냐고? 마음이 중요했다. 그리고 한 남자를 잘 이해하는 것은 좀 더 나이 든 여자다. 누가 그 말을 했더라? 아아, 맞다, 퀸이었지. 살찌고 공 같던 퀸. 그녀가 옳다,

역시.

"확실히 그녀가 옳아, 확실히 옳다고."

그는 가로수 길을 걸어 내려갈 때 발 박자를 맞춰 걸으며 말했다.

"확실히 그녀가 옳아."

그리고 우울한 기분을 날려버렸다. 그러나 보도 위에 그의 발 박자 소리 속에는 뭔가 다른 것이 있었다. 그가 완전히 잊을 수 없는 뭔가가. 그것은 그럴듯하고 정확한 것이었다. 아인슈타인의 방정식에 따르면, 움직이는 물질의 속도가 빛의 속도에 가까워질수록 그 물질의 시계는 정지 상태에 가까워진다.

발 박자 소리들.

그는 부모의 집을, 자신의 가정을 찾고 있었다. 그의 어머니는 이제 퍽 늙었을 터이다. 그것은 알고 있었다. 그리고 아버지는 아마도 돌아가셨을 것이다. 그 늙은 양반은 회사를 잃은 후부터 내내 앓았기 때문에 시골과 말들을 포기해야 했다. 하지만 어머니는 최소한 살아계실 것이다. 그녀는 장수하는 집안 태생인데다 그렇게 열정적으로 삶을 살으셨어도 하루도 아픈 적이 없었다. 그는 지난 수주일 동안 어머니 걱정을 하지 않은 것에 죄책감을 느꼈다. 하지만 그녀는 사랑에 빠진 젊은이를 이해할 것이다. 그리고 치카가 어디 있는지도 알 거였다.

그는 당황하여 멈춰 섰다. 그는 되돌아가서 골목 끝에서 쳐다보고는 다시 왔다. 이 블록에는 뭔가 낯선 데가 있지만 그것이 오른쪽 블록이었던 것은 확실했다. 거기에 정원 울타리가 있어야 했다. 곧 그는 깊은 안도의 한숨을 쉬었다. 거기에는 정원 울타리가 '있었다'. 그리고 그가 그 문을 밀자 열렸고 그는 안으로 들어섰다.

"이봐요, 무슨 문제요?"

더러운 셔츠를 입은 낯선 남자가 화분에 가꾼 식물들을 어떤 상자에다 담다 말고 물어왔다. 그 장소는 유리창도 빛도 액체 비료를 담을 통도 없는 이상한 온실 같았다.

"나는 소매로 팔지 않고 짐승 말고는 누구도 고용하지 않소. 그러니 나가시오."

알랜이 말했다.

"실례했습니다. 저는 코다이 저택을 찾고 있었거든요."

"뭐라고요?"

"앨턴 코다이 경의 저택 말입니다."

"여보시오, 여기는 종이 상자 공장이고 나는 마당을 빌렸어요. 도시의 이 모든 구역에 주택은 없소. 나는⋯⋯, 당신이 뭐라고 했죠?"

"앨턴 경."

"알겠소. 당신은 정부 사람이오? 만약 그렇다면, 이곳에는 어떤 은화도 없소. 내가 옛날 사람한테서 그 이야기를 듣고 이곳을 몽땅 팠소. 그는 공화당원이 아니었지! 하지만 작년에 리버티 가에서 은접시가 약간 발견됐다고 듣긴 했소."

알랜은 정원이 그를 배신하기라도 한 것처럼 책망하듯 그곳을 쳐다보았다. 여기서 그는 처음으로 용감하게 흔들목마를 탔고 백일초를 뽑았다가 크게 혼났더랬다.

"저⋯⋯, 코다이 성씨들이 어디로 갔는지 이야기해 줄 만한 사람이 있을까요?"

"이사요?"

그 남자는 웃음을 터뜨렸고 돌아가서 노련하게 간결한 움직임으로 상자들에다 식물들을 채워넣었다. 그러다가 그는 알랜이 여전히 거기서 우물쭈물하고 있는 것을 보았다.

"아마도 다음 레벨에서 물어볼 수 있을 거요. 책임을 맡고 있는 집사가 늙은 친구라서 호칭기도를 할 때처럼 모든 교구민을 꿰고 있으니."

"거기 잘 압니다, 고맙습니다."

알랜은 마음을 다잡았고, 그에게 고맙다고 하고 나서 걸어나왔다. 문이 뒤에서 딸깍 소리를 내며 닫혔다. 작고 무자비하고 최종 판결 같은 딸깍 소리였다. 그는 약간 어지럼증을 느꼈다.

'감속해.'

자신에게 말했다. 며칠 만에 서너 배의 중력가속도가 붙어버린 것에 한 남자는 잠시 기분이 불쾌했다.

그 교회는 심하게 낡았고, 커다란 건물들 사이의 우묵한 곳에 수줍게 들어앉아 있었다. 파손 상태를 보았을 때, 알랜은 모든 주민들이 초라하고 거리는 바퀴자국 투성이에 깨어진 보도블록에서 새어나온 진흙으로 패어 있다는 것도 눈치 챘다. 이것은 한때 큰 교회였지만 양쪽의 부속 건물도 첨탑도 사라지고 없었다. 그렇게 짧은 시간밖에 안 지났는데 그곳을 넓은 잔디밭과 모든 층 사이로 하늘로 난 창들이 있는 고상하고 당당한 대성전으로 기억하는 데는 무리가 따랐다. 최근에 불 질러진 게 틀림없으리라.

이른 시각이었지만 작은 문을 두드리니 바로 응답이 왔다. 까만 망토를 두른 쭈글쭈글한 늙은이가 대답했고 알랜이 하는 모든 말에 고개를 끄덕거렸다. 그러나 긍정의 의미는 아니었다. 그는 이야기하는 내내 그 동작을 했는데 그것은 부정을 뜻했다.

"하지만 내 가족의 납골당이 여기였어요."

알랜이 말했다.

"가족? 납골당? 자네는 보수주의자처럼 말하는군, 젊은이."

"내가 납골당들을 봐도 괜찮겠습니까?"

그러면서 그는 동전을 건넸다.

"물론, 당연히. 그리고 교적부도, 남아 있다면 말이지."

그러나 바닥에서는 구멍들이 하품을 했고, 판석과 이름들은 거의 사라지고 없었다. 알랜은 봉헌 촛불을 켜고 붉게 빛나는 깜박거림에 의지해 비명들을 몇 개 읽어보려 했다. 그러나 몇몇 10등급과 11등급 석판들의 성을 알아보았치만, 코다이는 없었다.

"몹시 궁금하구면."

그 집사가 말했다.

"왜 자네가 알고 싶어하는지."

끄덕끄덕.

"하지만 마음대로 교적부를 봐도 돼. 저게 남아 있는 것들이지."

끄덕끄덕. 그리고 그는 알랜에게 케케묵은 책더미를 보여주었다.

그러나 너무도 심하게 가장자리를 따라 타버려서 몇 쪽밖에 읽을 수 없었다. 알랜은 들고 있던 봉헌 촛불에서 손에 뜨거운 촛농이 떨어지는 것도 모를 정도로 열심히 살폈지만 아무것도 발견하지 못했다.

집사가 말했다.

"자, 생각해 볼까. 스트래차이가 기억나는군. 자네가 스트래차이를 찾는 건 아니지?"

그러고 나서 무언가 생각이 난 듯 말을 계속했다.

"이보게. 기다려봐. 거리를 복구하려고 사람들이 사용한 판석들이 약간 오른쪽 위에 있네."

알랜이 불신의 눈으로 빤히 쳐다보았다.

"그들은 포장도로에 난 구멍들을 앞부분의 판석들로 메웠지. 따라오게."

그는 끄덕이며 어둠 속으로 발을 질질 끌고 걸어갔다.

알랜은 이 순간이 되어서야 제1레벨에서는 빛이 안 좋은 정도가 아니라 아예 들지 않는다는 것을 알았다. 그래서 그는 1달러를 주고 산 작은 초에 의지해야 했다.

그가 부츠의 진흙을 떼어내고 있을 때 누군가 부르는 소리를 들었다. 한 남자가 의지할 만한 손전등을 가져와서 '빛의 불법 판매'를 이유로 집사를 몹시 꾸짖었고 알랜의 초는 꺼져버렸다. 그가 올려다보니 누더기 옷을 입고 늑대같이 사나운 눈을 한 사내가 그를 쏘아보고 있는 게 보였다.

"빛을 원하면 값을 치러야지, 이 양반아."

알랜은 자기에게 벌어지고 있는 일 때문에 너무나 마음이 산란해져서 그의 말을 이해할 수가 없었다. 알랜은 억지로 대답했다. 그리고 자신이 기꺼이 어느 '불빛 조합 기성 회원'의 도움을 받는다는 것을 알았다.

그들은 연신 고개를 끄덕거리며 다른 구멍들도 보자고 하는 집사와 함께 반 시간쯤 구멍을 파고 주위를 돌아다녔다. 그러다 알랜이 갑자기 멈춰 섰다. 어느 깨어진 석판에 '다이'라는 표시가 보였던 것이다.

알랜은 진흙이 묻는 것도 개의치 않고 땅을 파서 다른 조각들을 찾으려고 했다. 그리고 불빛 운반인은 병마개를 뽑으면서 들어 있는 위스키를 마시느라 꿀럭거리는 소리를 냈고 집사는 흥분해서 고개를 끄덕거렸다.

그러나 그게 다였다.

불빛 운반인이 말했다.

"실은 말이지, 나한테 사업상 심부름하는 사람 격으로 거리에 두어 명의 친구들이 있는데 정원에 땅 파는 사람으로 보내리다. 물론, 당신한테 돈이 있다면 말이지. 그러면 우리가 저 빌어먹을 거리를 몽땅 파엎을 테니."

이 제안에 그는 폭 빠졌고 일어나서 열심히 조사하는 가상 장면을 그려보였다.

집사는 좋은 생각이라며 고개를 끄덕였다.

그러고 나서 알랜은 그들을 보았다. 그는 진창과 남루한 불빛 운반인과 망토를 두른 집사와 거리를 보았다. 그리고 과거에 있었던 교회와 지금의 교회를 보았다.

그는 똑바로 섰다.

"고맙소. 그럴 필요는 없소. 만약 나와 동행하기를 바란다면, 당신에게 보수를 지불하리다."

알랜은 절도 있게 돌아서서 고개를 끄덕이는 집사에게 고맙다고 사례금을 치렀다. 알랜은 자신이 가려는 길을 불빛 운반인에게 간단히 말했다.

그리고 '다이' 라는 표시가 있는 깨어진 석판으로부터 발걸음을 돌렸다.

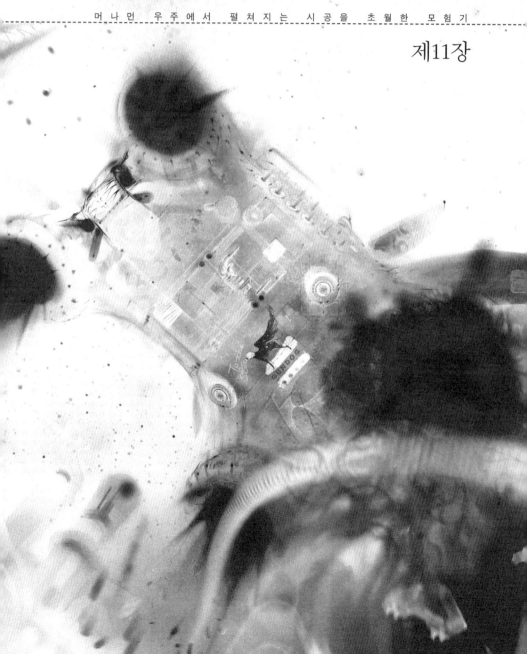

TO THE
STARS

머 나 먼 우 주 에 서 펼 쳐 지 는 시 공 을 초 월 한 모 험 기

제11장

목적 없이 오랫동안 걸은 후에야 마음을 어느 정도 진정시킨 알랜은 그들이 아래의 레벨들, 곧 지하 세계로부터 나와 황폐한 통나무집들로 둘러싸인 탁 트인 교외에 살고 있다는 것을 알게 되었다. 그는 그런 지구가 생각나지 않아서 당황스러웠다. 일생 동안 그가 뉴시카고의 모든 부분을 본 것은 아닐지라도 말이다.

"여기는 브라이트파크요."

불빛 운반인이 오랫동안 면식 있는 사람처럼 정답게 말했다.

"여기에 나는 한 자리를 갖고 있었지. 나쁘진 않았소. 한 평쯤으로 거의 큰 대자로 뻗을 수 있었어. 우리 공화주의자들한테는 만사가 계속해서 나아지고 있지. 실직자가 도시의 30퍼센트에도 못 미치니 발전이지!"

"30퍼센트라고."

알랜이 침울한 자기 생각에 빠져 있었음에도 깜짝 놀라 말했다.

"내 생각에는 10퍼센트라도 높은 것 같은데. 그런데 내 짐작으로 당연히 당신은 그 30퍼센트에 들어갈 것 같소만."

"내가?"

불빛 운반인은 모욕을 당했다는 듯 말했다.

"정말로, 난 노동자요. 그렇다니까, 선생. 나는 70퍼센트에 속해. 어떻게 내가 불빛을 가지고 사람들을 따라가도록 허가받았다고 생각하는 거요? 내가 산업 그 자체요, 고용주 양반. 그리고 그걸 증명하려면 바로 여기서 멈춰서 안내 사례금을 벌면 되지. 내가 가면, 나는 불빛이고 당신은 따르지. 그게 한 가지 일이오. 하지만 내 조합 규칙에 당신이 알고자 하는 것을 내가 몇 가지 가르쳐주는 게 위배될 건 전혀 없소. 비록 안내 규칙은 수없이 많지만, 모르는 것은 해를 끼치지 않는단 말이지. 우리가 어디로 가는 거요?"

"나는 현재의 사태를 파악하려고 애쓰는 중이오."

알랜은 자기 생각보다 더 많은 진실을 담아 말했다.

"여기는 브라이트파크. 나는 브라이트파크에 가려고 애쓰고 있었지. 하지만 여기는 내가 아는 브라이트파크가 아니오. 난 뭔가 실수를 했소. 아니면 당신이 그랬던가. 나는 대부분 잔디밭이고, 큰 주택들과 마구간들이 있는 어떤 곳을 찾고 있어요. 확실히 당신은 경주하는 사람들이 어디서 사는지 알 거요."

"고용주 양반, 이 근처에서 열린 경주라고는 바퀴벌레 경주뿐이오. 그리고 나는 지난 주 월요일에 내가 잃어버린 50센트로 그걸 증명할 수 있어요. 그리고 우리한테 브라이트파크라고는 여기뿐이라고요. 당신이 약간 더 법석을 떨지도 모르지만, 이게 당신이 가려고 하는 그 브라이트파크라는 것은 변함없소. 여기 있는 게 다니까."

"그렇다고 치면 그 지역은……, 나넌 거요. 여기서 오른쪽과 왼쪽에 이 쓰레기 사이로 솟아 있는 낡은 집들이 몇 채 보이는군. 특히, 나는 몬트그레인 저택을 찾고 있어요. 그들의 교외 저택 말이오. 그러니까, 당신이 지하세계 레벨들에 바로 붙어 있는 이곳을 교외라고 부르는 옛날 생각을 거북해하지 않는다면 말이오. 그 집은 '양지 바른 잔디밭'이라 불렸소."

"무슨 공동묘지 이름처럼 들리는군."

불빛 운반인이 말했다.

"흠, 당신이 안내를 위해 약간의 별도 비용을 써도 괜찮다면 말이지만, 정확하고 자세한 주소가 어떻게 되나요?"

"주소는 몰라요. 그냥 '양지 바른 잔디밭'이라는 것만 알 뿐이오. 모두들 몬트그레인 저택이라고 불렀어요."

"모두 그 지역을 알지. 나도 알고 있고 전에도 안내를 했으니까, 고용주 양반. 당신……, 돈은 있어요?"

"물론."

"좋아요. 이 위로 열두 블록쯤 가면 몬트그레인 도로가 있으니 내가 말한 부가 별도 비용을 기억하슈."

"그게 맞는 장소라면, 두 배를 지불하겠소."

알랜이 말했다.

불빛 운반인은 재빨리 마음속에서 수수료를 두 배로 부풀리고는 발걸음을 서둘러 떼었다. 그는 알랜을 이끌고 오른쪽 모퉁이를 돌아, 연이은 황폐한 거리와 쓰레기로 뒤덮인 골목길들을 지나갔다.

"저 위가 내 지역이에요."

그가 자진해서 설명했다.

"정부가 마지막 전쟁 후 5년쯤 지나서 이 전체 지구를 세웠고 그들은 썩 훌륭한 일을 했다고 들었어요. 하지만 지금 씨를 뿌리는 건 가망 없는 짓이지, 인정해요. 3평 부지로 나눈 것은 잘한 일이야, 정말. 깨끗하고 탁 트인 공기 중에서 한 지역을, 팔다리를 뻗을 수 있을 만큼 넓고 비가 오지 않으면 밖에서 요리를 할 수 있을 만큼 여유 공간이 있는 집을 가지도록 하니까. 저기에 그 거리가 있어요."

알랜은 낯선 광경을 쳐다보았다. 거기에는 가로등이 전혀 없었다. 그의 불빛 운반인이 설명한 대로 불빛 운반인들을 고용해야 하는 것이 그 때문이었지만, 많은 창문들이 비치는 막연한 빛이 있어서 윤곽은 알아볼 수 있었다. 이전에 '양지 바른 잔디밭'은 어떤 둔덕에 서 있었다.

"이 주변에 언덕이 있소?"

"안내받는 비용이 충분한 위력을 발휘하고 있군."

불빛 운반인이 말했다.

"저기 있소."

그리고 그는 그쪽을 향해서 터벅터벅 걸었다.

멀찍이 떨어진데다 이렇게 빛이 침침한 곳에서도 볼 수 있었다. 그

'양지 바른 잔디밭'은 더 이상 집이라고도 정원이라고도 하기 힘들었다. 그 땅은 보잘것없는 땅뙈기들로 나뉘어져 그 위에는, 이따금 이층짜리일지라도 개집보다 그다지 크지 않은 건물들이 웅크리고 있었다. 그러나 그것들 위로 건물 한 채가 흐릿하게 모습을 드러냈다. 마침내, 알랜은 늙은 몬트그레인이 그의 반지르르한 말들을 가둬놓았던 헛간을 알아보았다. 그는 더 멀리 나아갔다. 자그마한 거리들을 지나 쓰레기와 진창으로 미끌미끌한 땅바닥을 넘어서 그 저택을 발견했다. 실제는 어떻든 겉보기에는 흠 없이 위로 솟아 있었다.

그의 심장이 펄떡펄떡 뛰었다. 많은 창문들에 빛이 밝혀져 있었고 얼마나 낯익은 모습인가! 그는 그의 안내인이자 불빛 운반인을 제치고 모퉁이를 돌아 앞쪽 베란다로 갔다. 그곳이 닫혀 있는 것을 알고 약간 놀랐다. 왜냐하면 그 집의 베란다는 넓었고 그 집의 근본적인 아름다움 중의 하나였기 때문이다. 그러나 그는 바로 문으로 갔다.

파도처럼 밀려오는 희망적인 믿음은 그와 거기서 발견한 카드 수납 선반 사이에 어떤 일말의 의심도 인정하지 않았다. 그는 그곳이 공공주택으로 쪼개어졌다는 그 명백한 증거를 뿌리치고 불빛 운반인 조합의 모든 규칙들에 맞서 자기 라이터를 밝혔고, 그녀의 이름을 발견했다!

"세리타 몬트그레인 양."

후유!

그는 불빛 운반인에게 빙그르르 돌아서서, 잘했든 못했든 지폐 뭉치에서 지폐 한 장을 꺼내주고는 행복한 작별 인사를 건네고 초인종을 확실하게 눌렀다.

그는 기다렸다. 재킷을 똑바로 펴고 깃을 바로잡았고, 사냥개 호의 때를 얼마라도 없앨 시간이 있었으면 좋았을걸 하다가, 그의 재킷이 얼마나 더러운지 깨닫고는 벗어버렸다.

우려하는 마음으로 그는 다시 한 번 초인종을 눌렀다. 마음을 졸일 정도는 아니었다. 아직 정말 그다지 늦지는 않았고, 늦었더라도 그녀는 일어날 터였다.

치카. 글쎄, 그는 그렇게 오랫동안 가 있었던 것에 대해 뭔가 확실한 설명을 해야 했다. 그리고 그가 정말 예상했던 것보다 더 늙은 그녀를 볼 것에 대해 마음을 아주 튼튼히 대비해야 할 것이다. 가능한 한 늙은 그녀를 생각하자. 그래도 괜찮았다. 그것은 그의 잘못이었고 그들은 뭔가 하나로 묶일 수 있을 터이며 그것으로 어떤 삶을 이룰 수 있을 것이다. 그녀가 마흔다섯이나 쉰 살이면 어쩌지. 그래도 괜찮아. 여자란 남자를 적당히 돌볼 수 있으려면 나이를 좀 먹어야 한다. 그 말을 누가 했더라? 퀸인가? 이상하고 늙은 퀸. 그리고 그는 별들이 반짝이는 그곳에 있으면서 다시는 돌아오지 못할 줄 알았다. 그는 얼마나 바보였는지. 조슬린이 옳았다. 그는 멍청이였다. 그는 결코 돌아오지 못할 거라고, 바로 초인종 위에 '세리타 몬트그레인'이라고 씌어져 있는 여기로 돌아오지 못할 거라고 생각했다. 그러면서 얼마나 속도계를 지켜보았는지!

그는 시간이 좀 더 있었더라면 싶었다. 신발 위에 진흙이 묻어 있었다. 기나긴 항해 중에는 물이 풍부하지 않았다. 흠, 그녀는 그 모두를 이해할 터였다. 그녀는 기다렸어, 그렇지? 그녀는 기다렸다!

그리고 안쪽 현관에 발소리가 들렸고 문이 슬쩍 열렸다.

알랜은 환히 웃으며 그녀를 끌어안으려고 했다.

그러나 그것은 슬픈 얼굴에 작달막한 남자 난쟁이였다.

"가시우."

알랜은 싱그레 웃었다. 이 무슨 못난이를 봐야 한담.

"실례합니다, 집어넣을 카드가 없어서요. 하지만 나는 친구입니다."

그는 이 일에 끼어든 놀라운 요소를 무시할 수 없었다. 이 사실을 알면 그녀가 그와 함께 얼마나 웃을까.

"친구는 없소. 돈을 원하는 거면, 돈도 없고."

알랜은 닫히려는 문을 막아섰다. 그는 맘씨 좋게 씩 웃었다.

"진짜로 나는 친구라니까요. '오래된' 친구죠."

"아니. 당신 발이나 빼슈."

그 남자는 겁을 먹었다.

문에 매달려, 그는 그 놀라운 일이란 걸 잊어버려야 했다. 아마도 그게 나을 터였다. 그는 죽은 자들로부터 돌아옴으로써 그녀를 충분히 놀라게 할 터였다.

"겁먹지 마요. 아무도 당신을 해치려는 사람은 없어요. 알려요."

그는 숨을 들이쉬면서 다시 말했다.

"알랜 코다이라고."

난쟁이는 그 침침함 속에서 근시처럼 바짝 들여다보았다.

"당신 관리 아니지?"

"아니요. 거짓 없이 내가 관리가 아니라는 것을 보증해요."

"이게 속임수는 아니겠지? 왜냐하면 만약 그렇다면, 나한테 보답으로 아프게 해주는데 잘 듣는 약이 좀 있거든."

"이봐요, 이건 속임수가 아니에요. 당신의 여주인은 바로 나를 알 거요."

"흠, 의심스러운걸. 하지만 나한테 잘 드는 약이 있다는 걸 명심하고 올라오시오."

"먼저 내가 왔다고 알리는 게 좋을 것 같은데요."

"그녀는 사람 만날 준비가 되어 있을 거요. 그리고 당신은 그 약을 명심하구려."

그는 문을 열었고 현관을 가로질러 위층으로 절뚝거리며 걸었다.

집의 뒤쪽에서 그는 멈춰 섰고 창틀을 휙 흔들어 열었다.

"치카 양. 치카 양! 알랜 코다이라고 하는 신사 분이 당신을 보러 왔어요. 치카 양, 일어나세요. 신사 분이 보러 왔다니까."

가느다랗고 작은 목소리가 대답했다.

"일어나 있어, 사이브. 자고 있지 않다고, 그렇다니까. 물론 깨어 있지. 옷을 입었으니까 난 자고 있는 게 아니라고."

"신사 분이……."

"이봐요, 내가 부를게요!"

알랜이 말했고, 창틀을 활짝 열어젖혔다.

처음의 일별 이후로, 그는 뭘 보았는지 확실하지 않았다. 나중에는 그녀가 어디에 앉아 있었고 어떻게 보였는지도 기억할 수 없었다.

거기에는 오지 그릇 몇 개가 놓인 선반 하나가 있었고, 개와 말 그림이 있는 사기그릇들로 바글바글한 탁자 몇 개와 무거운 의자 몇 개, 그리고 아주 좁고 담요에 덮인 침대 하나가 있었다.

"비가 오려나? 하루 종일 비가 올 것 같은 느낌인데. 지금 비 안 오지, 그렇지?"

"당신을 보러 온 신사 분이라니까요!"

사이브가 날카롭게 고집했다.

"크게 이야기해야 해요, 신사 양반. 그녀는 잘 안 들리거든. 하지만 기운은 넘쳐요. 혼자서 옷을 입을 수 있지."

"아아, 그럼, 당연하지. 내가 얼마나 바보 같은지. 자자, 선생. 이제 봅시다. 자리에 앉으세요. 그리고 이름이 뭐라고 하셨더라?"

사이브가 말했다.

"알랜 코다이 씨예요."

짧고, 당황스러운 침묵이 있었다. 그러고 나서 그녀가 말했다.

"하지만 그는 안에 없는데."

알랜은 약하고 보잘것없는 흔들의자에 앉았다.

"그는 여기 없어."

그녀가 작고 주름진 두 손을 쥐어짜며 약간 괴로워하면서 되풀이했다.

"선생, 그녀를 심란하게 하지 마시오."

사이브가 위협적으로 말했다.

"그녀는 10등급인이지만 사면을 받았소, 정신 때문에. 당신도 알겠지만. 내가 했던 약 이야기를 잊지 말고 그녀를 어지럽히지 마시오."

"나는 막 차를 들려던 참이었어요."

그녀가 말했다.

"사이브, 차를 좀 내와서 신사 분께 드려. 나도 내가 좀 더 손님을 극진히 모시지 않고 몹시 무례한 걸 안다오. 하지만 알다시피 남편이 죽은 다음부터 정말 많은 것을 혼자 해왔거든. 남편을 알았던가요? 좋은

142

사람이었죠. 아주 강단 있고 멋지고. 사는 것도 그런 식이었다오. 그는 기술 검사관이었고 돌아왔을 때 우리는 결혼했더랬지요. 당신은 그를 좋아했을 거예요. 눈이 썩 좋지는 않지만 당신은 젊어 보이네요. 젊은가요, 선생? 늙은 부인네의 호기심을 용서하구려. 하지만 당신은 학교에서 우리 아들 중에 한 명은 알았겠어요. 아아, 차가 나왔네. 설탕을 얼마나 넣을까요?"

사이브가 쟁반을 내려놓았다. 초라한 쟁반이었다. 빵 부스러기에 눈곱만한 버터 한 덩어리와 찻주전자. 그녀는 덜덜 떨며 차를 따르고는 그의 옆에다 찻잔을 놓으려고 애썼다. 찻잔이 떨어지기 직전에 사이브가 재빨리 그녀를 도왔다.

"맙소사, 당신은 내가 한 가지도 할 수 없는 줄로 생각하겠네요."

그녀가 말했다.

"하지만 내 아들 중 한 녀석에 대해 이야기하고 있었죠? 레이먼드였던가? 얼마나 착한 녀석인지. 나한테 매주 편지를 쓴다오. 당신도 그 녀석이 훤칠하다고 생각하지 않아요?"

그녀는 자기 차를 홀짝거리고 옆에다 놓았다.

"비가 올 것 같아요. 들어올 때 밖에 비가 오지 않던가요? 내내 비가 오려는 느낌인데, 사이브. 벌써 비가 오나?"

"아니요, 치카 양. 비는 안 와요."

사이브가 말했다.

"아마 듣지 못한 것 같군요. 이분은 알랜 코다이 씨예요."

찻잔을 들어 올리면서 그녀의 두 손이 몹시 떨렸다. 그녀는 아주 혼란스러운 것처럼 보였고, 주위를 뚫어지게 보면서 머리를 가볍게 흔들며, 어떤 기억을 떠올리려고 애썼다.

"옳지."

그녀가 안도하며 말했다.

"아들 녀석 알랜을 말하나 보네. 이런, 젊은이, 대단히 미안해요. 알랜 녀석은 지금 집에 없어요. 그 녀석은 한 시간 전에 어떤 아가씨랑 데이트하러 갔어요. 맙소사, 얼마나 위태로운 녀석인지. 실연당했을 때는 가족이 최곤데. 하지만 그 녀석은 안정을 찾을 거예요. 내 아들 중에 누구도 걱정하지 마요, 선생. 그 녀석들 모두 제 아비의 자랑거리예요. 그들 모두요, 선생. 그들 모두."

알랜은 자신의 모자를 쥐어뜯으며 서 있었다.

"아니, 그렇게 빨리 가야 해요? 게다가 오늘은 차가 이렇게 좋은데. 좋은 차예요. 하지만 사이브가 진짜 사랑스러운 아이죠. 알랜이 돌아올 때까지 머물 수는 없나요? 알랜이 돌아올 때까지요. 알랜이 돌아올 때까지."

사이브가 말했다.

"자자, 당신은 지금 차를 흘려서 깔개를 온통 적시고 있어요. 가는 게 좋겠소, 선생. 저 늙은 숙녀께서는 흥분하면 안 돼요. 이해하겠지만, 심장 때문에. 그리고 그녀는 지금까지 아주 유쾌한 나날을 보내고 있다오."

"잘 가요."

그녀가 명랑하게 말했다.

"잘 가시고 다시 전화해요. 알랜 녀석에 대해서 당신이 전해준 소식에 아주 즐거웠어요. 사이브, 사람들더러 알랜의 친구 분을 위해서 차를 가져오라고 해. 비가 올 거거든, 너도 알겠지만. 잘 가요, 선생. 안녕히."

사이브는 그를 문 밖으로 데리고 나갔다.

"그녀는 좋은 날이 있고 나쁜 날이 있어요. 좋은 날이랑 나쁜 날이. 오늘은 좋은 날이라오. 의사가 내일 오면 그 소릴 듣고 좋아할 거요. 그는 나처럼 늙다리 보수주의자이지. 나는 옛날에 그리선 그레이엄을 위해서 차를 몰았어, 그랬다오. 사람들이 마구간에 남겨진 것을 돌볼 사람이 필요하지 않았더라면 나는 목을 내놔야 했을 거야. 그러고 나서 2년 전에 의사가 나더러 저 늙은 여자를 돌보게 하라고 그들에게 이야기했소. 그리고 바로 그녀를 아주 좋아하게 되었지. 희한한 할망구야. 당신은 그녀에게 무슨 일이 일어났는지 모를 거요, 그렇지 않소? 내 말은 그녀가 뭣 때문에 미쳤는지 아냐는 거지. 흠, 아마도 혁명 때문일 거요. 그건 사람들의 많은 것을 가져갔지. 하지만 어떤 이는 그녀가 혁명 전에 미쳤고 그 때문에 처형당하지 않은 거라고 말한다오…… 글쎄, 나는 몰라요. 그녀는 좋은 사람이고 말이 많지 않소. 오늘 밤이 내가 들어본 중에 제일 많이 이야기한 거요. 그리고 나는 10등급인에게 봉사하는 게 전보다 더 낫게 느껴진다오. 그들의 방식에 익숙해져서 그런 것 같구먼. 하지만 그녀가 가족에 대해서 하는 소리는 믿지 말구려. 그녀는 결혼조차 하지 않았고 어떤 아들도 없는 게 분명하거든."

그는 알랜을 위해서 문을 열어주었다.

"이런, 이게 뭐요? 돈이오? 저, 이거 큰 행운일세. 흠, 저 늙은 숙녀가 더 나은 음식을 얻을 수 있겠네. 내가 보장하리다. 잠깐만, 이건 큰 돈이오! 음, 내가 이 돈을 오랫동안 잘 관리할 테니 믿어도 돼요. 비록 내 생각엔 그녀한테 이 돈보다 더 많은 시간이 남은 것 같진 않소만. 틀림없이 지금 여든쯤 됐을걸. 당신을 이해할 수가 없구려, 선생. 당신은 뭣 때문에 왔는지 말 안 했소. 뭣 때문에 온 거요, 선생? 이 돈 때문인가?'

두 시간 후, 알랜은 자신이 그녀가 걱정했던 빗속을 걷고 있는 걸 깨달았다. 세찬 비였고 그의 흰 재킷을 흠뻑 적셨다.

그는 한동안 서서 우울한 하늘을, 도시의 빛들 속에 어스름을 쳐다보았다.

그녀는 비가 올 것 같다고 말했다.

TO THE STARS

머나먼 우주에서 펼쳐지는 시공을 초월한 모험기

제12장

하늘의 사냥개 호가 진동하며 진로 위로 진입하면서 뿜어
내는 입자 화염 때문에 함교 쪽 기수가 빛났고, 드라이브는 속도를 높
이면서 사나움이 잦아들며 으르렁거렸으며, 불꽃의 창이 절대 영도의
암흑 속을 찔렀다.

우주선년으로 2년 동안 함교는 별로 변한 게 없었다. 단지 새로운
통신계원이 망을 보는 중이었다. 옛날 통신계원은 카펠라 계의 전투
에서 속도계의 유리가 사방으로 깨어져 나가는 바람에 죽었다. 그리
고 느림보는 망보기에서 벗어나 이제 가끔씩만 들린다. 하지만 다른
것은 똑같았다. 줄지은 캄캄한 현창들을 통해 별들의 행군을 볼 수 있

었고, 결코 청소한 적이 없는 낡아빠진 갑판, 계량기와 나침반과 제어
기판들 위에 판들, 선반 위에 선반들이 윤활유 때문에 제각기 더께가
앉아 있었다.

알랜은 익창의 가로대에 기대었는데, 손잡이에서 결코 멀리 떨어져
있지 않았다. 무중력 상태에 늘 준비되어 있는 우주인의 버릇 때문에
손가락으로 감아쥔 채였다. 각 부서에 최소 인원의 승무원들만 있는
보안 망보기였다. 사람들이 식욕의 노래를 부른 지 한 시간이 지났고,
아직도 우주선 안에는 음식 냄새가 심했지만 송풍 여과 장치가 계속
해서 나쁜 공기를 정화시키면서 점차 나아졌다. 그리고 150여 명의
사람들은 여전히 식당에 남아 즉흥으로 노래하고 있었다.

조타원이 사다리를 열어놓은 채로 떠나서 함교에서도 그 소리가 들
렸고 「벗이여, 만세!」라는 신나는 노래가 맴돌았다.

왼쪽에 친구여 오른쪽에 친구여,

벗이여, 만세!

변함 없고 멋진 우정 속에 하나가 되세,

벗이여, 만세!

사냥개 호여, 만세, 만세!

사냥개 호여, 만세, 만세!

사냥개 호여, 만세! 사냥개 호여, 만세!

벗이여, 만세!

조타수가 뒤이은 침묵 속에 그 노래를 콧노래로 시작했다.

"함교에선 정숙하시오."

알랜 코다이가 말했다.

노래가 끝나자 이 커다란 우주선의 진동이 더 커지고 강렬해진 것 같았고 줄지은 현창들은 더 컴컴해졌다. 알랜은 속도계를 쳐다보았다. 그들은 지금 초당 15만 마일을 향해 돌진하고 있었다. 몇 번 더 망을 보면 제 속도에 이를 것이다. 우주선은 14만 마일 부근에서는 항상 불안정하기 때문에 그는 거기서 벗어나는 게 반가웠다. 듀스는 그것이 우주선의 연료 촉진제에 결함이 있기 때문이라고 생각했다. 새로운 드라이브를 설치하고 나서 열 번의 여행을 했는데 설치했을 때부터 그런 특징이 생겼다. 그러나 우주선은 이제 속도가 높아지고 있었다. 바늘의 움직임은 간신히 볼 수 있었다. 15만 마일에서 더 높이 속도가 올라가는 동안은 승무원들이 덜 피곤했는데, 중력 곡선이 내려가면서 몸무게도 줄어들기 때문이었다. 그러나 그러기 위해서 우주선은 부지런히 일해야 했고 가로대에 손가락을 대어보면 우주선의 진동을 느낄 수 있었다.

사람들이 다시 「우주인의 꿈」을 노래하고 있었다. 알랜은 느린 박자로 연필을 두드리며, 노래가 끝날 때까지 공간 곡선을 위한 경로 계산 변화를 늦추었다.

그는 2년간의 항해 동안 약간의 진전이 있었다. 이제 모든 부수적인 계산들은 그가 했다. 그러나 어느 날 그의 계산에서 0.1초의 실수를 조슬린이 발견했을 때를 생각하면 알랜은 여전히 귀가 화끈거렸다.

"알랜, 언젠가 내가 꼬부랑 늙은이가 되었을 때 자네가 간단한 삼각법 정도에는 숙달되어 있을 거라고 믿어도 되겠지. 헤일, 알랜에게 천체에 관한 책을 빌려주게. 수학책도 필요한 것은 아니겠지, 알랜?"

그때 생각을 하면서 알랜은 연필로 종이철을 찔러대며 감시 중인 아편쟁이가 근처에 있을 거라 예상하고 있었다. 그러나 아편쟁이는 최근 8개월 동안 자살 행위에 가까울 정도로 약에 빠져 있었고, 알랜은 사령부 서열 3위는 요원하지만 혼자 알아서 자신의 일을 잘해 나갔다.

노래가 끝나자 알랜은 다시 속도계를 보았고 그런 다음 경로가 그려진 격자판을 보고 곡선을 위한 계산을 시작했다.

사람들이 드라이브의 쿵 하는 소리에 박자를 맞춰 「항해」를 부르기 시작했다.

어스름한 하늘 속으로 높이
사냥개 호는 뱃머리를 높이 들고,
차갑고 맑은 별들에 기대어 높이
갈 길을 정하고 방향을 돌리고.

희미한 카펠라 별 위로 높이
창공에 한 점,
드라이브는 울고 계량기는 까닥이고
천 년의 세월이 사라지네.

선장이 갈 길을 확인했으니,
선원들은 준비하지.
우리는 별들에 운을 맡길 테고

내려진 명령들을 확인하지.

우리는 카펠라의 광휘를 향해 서 있을 테고
그 어둠엔 천둥이 치지.
그 길을 나아가며 결코 머물지 않으리
우주선 격납고에 이를 때까지.

이제 우리 뒤로 낮빛은 희미하네,
무심한 별들은 침침하네,
서커스 호에 탄 가장 약한 선원도
우리가 승리할 걸 확신하네.

백 년의 열 배는 족히
우리가 달리는 길에 흐르고,
백 년의 열 배는 족히
지구가 태양을 돌겠지.

그리고 나면 우리는 광물과 보석을 싣고 돌아가리.
도시 하나를 살 만큼 어마어마하게,
이제 사냥개 호는 여섯 달 더 늙지만
그동안 행성 하나가 사라진다네.

신이여, 선원들을 축복하소서,

그리고 우리 선원들을 오늘의 해악으로부터 지켜주소서,

그리고 신이여, 조슬린 선장을 축복하소서,

외로운 길을 걷는 이를.

알랜은 약간 움찔했다. 그 노래는 아주 오래된 노래였고, 노래가 끝나가면서 그는 돌연 얼마나 미약하게 자신이 속해 있는가를, 얼마나 우연하게 그들이 자신을 받아들였는가를 의식했다. 문득 알랜은 자신이 우주선을 타고 돌아다닌 2년여 동안 친구 한 명 만들지 않았다는 사실을 깨닫고 놀랐다.

그는 알랜 코다이 씨, 훗날 서열 제3인자가 될 젊은이, 의무와 관습에 의해 순종받게 될 사람, 일과들에 관해 상담할 사람, 중요치 않은 선체 수리를 원할 때 만나봐야 할 사람이었다.

그러나 그는 갑자기 자신이 한 번도 소속된 적이 없음을 알았다. 자기 자신의 슬픔과 낭패감에 휩싸여 그는 우주선을 잊었다. 그리고 이제 그는 우주선 선체 안에 자신이 정말로 존재하지 않았다는 기묘한 느낌을 받으며 지난 2년간을 돌아보았다.

그럴 만한 이유들이 있었다고 알랜은 재빨리 자신을 타일렀다. 폭동이 있었다. 퀸이 기도한 것이 아니라, 금성에서 조난당한 시스템 정기선 승무원들로부터 인계받은 새로운 다섯 명의 남자들이 일으킨 폭동으로 성공할 뻔했다. 그는 아직까지도 그들의 체포와 처형이 떠오를 때면 부들부들 떨렸다.

운행에 필요한 최소한의 기간 승무원들만 빼놓고 모든 승무원들을 집합시켜 놓았다. 조슬린은 성경이라 불리는 작은 책에서 조용히 몇 자 읽고 나서 차디찬 손으로 한 사람씩 떨어뜨렸다. 곧 그 다섯 명은 우주복도 없이 에어로크에서 진공과 절대 영도의 즉멸 속으로 떨어져 내리고 말았다.

그는 갑자기 아편쟁이와 메그 고딘의 대화가 떠올랐다.

"하지만 그들은 먼저 얼어붙는다고!"

메그가 말했다.

"그러니 터지지 않아."

"먼저 터지지."

아편쟁이가 열을 내며 답했다.

"얼어버릴 기회조차 없어."

메그가 말했다.

"내 장담하는데, 그들은 얼음 덩어리가 되어서 행성들처럼 주위를 떠돌아다닐 거야."

아편쟁이가 말했다.

"나도 장담하는데, 지체 없이 순식간에 그들은 평범하고 별 볼일 없는 원자들의 담홍색 안개가 되어버릴 거야. 얘긴 끝났어!"

그러나 그들은 말다툼을 끝내지 않았다. 그렇게 오랫동안 우주에 머물며, 예증할 만한 충분한 예들을 가지고서도 그 말다툼에 어떤 사실도 끌어오지 못하는 것이 이상했다. 말다툼은 개인적인 맞비난으로 끝났고 메그 양은 여러 날 동안 아무에게도 말을 걸지 않았다.

그리고 반란자들을 보면서 알랜은 뒤늦게나마 자신이 그들과 얼마나 똑같은 운명에 가까이 다가갔던가 하는 생각이 들었다. 그로 인해 알랜은 조슬린 앞에서 아주 초라해졌다. 그리고 이날까지 그는 스트레인지나 퀸에게 끓어오르는 수치심 없이는 결코 말을 하지 못했다.

두려움이 아니다. 여기 망보기를 하며 새로운 노래를 들으면서 알랜은 돌연 깨달았다. 수치심이었다. 첫 번째 항해 이후 조슬린은 다시 자신을 태워주었고 본래의 자리로 복귀시켰으며 거의 친절하기까지 했다. 그런데 자신은 한때 조슬린 선장을 살해하려는 계획에, 제일 초기 단계의 공모자였기 때문이다.

알랜은 또다시 갑작스럽게 조슬린에 대해 초조해졌다. 알랜은 조슬린을 이해하지 못했다, 아니 어느 누구도 이해하지 못했다. 스트레인지, 차가운 조슬린, 그들은 언제나 완벽하게 하얀색으로 차려입고, 언제나 신랄하고, 결코 어떤 것에도 영향받지 않았다. 조슬린과 그의 위스키와 두통약 가루, 조슬린과 그의 낯설고 오래된 음악 지휘, 조슬린과 이 우주선에 대한 그의 육감, 그리고 무례할 뿐만 아니라 원칙이니 도덕이니 윤리 따위가 없는 조슬린, 알랜은 그의 어떤 부분도 이해하지 못했다. 그리고 알랜은 그자의 모든 것을 혐오했다.

사람들이 「왜, 왜, 왜 우리는 헛된 하늘을 날까」를 부르기 시작했는데, 알랜은 그 노래를 백 번도 더 들었다. 그리고 노래가 진행되면서 까불고, 비꼬고, 누군가에게 조롱을 던지는 사람들을 보고 알랜은 또다시 결코 사라지지 않는 절망의 파도를 느꼈다.

그들은 목적이 없었다. 어떤 목표도 없었다. 그들은 버림받은 이들이며, 죽을 때까지 이 우주선의 껍질 뒤로 집도 친구도 없이 존재하도록 운명 지워졌다. 아무것도 이루지 못한 채, 멍하니 무의미한 세월의 행진을 지켜보는 것이다. 도대체 무엇 때문에?

그 망보기가 끝을 향해서 갈 때 헤일이 배 터지게 먹고 어슬렁어슬렁 올라오며 지독한 시가를 피우면서 노래까지 불러댔다. 앞으로 나아갈 위치를 확인하기 위해서였는데, 늘 속도를 보기 전에 불확실한 것들을 해결했다. 알랜은 한동안 그를 지켜보았다.

"자, 900번 정도 망을 보면 다시 지구 위에 있을 것 같군."

헤일은 함교에 있는 모두를 향해 흡족하게 외쳤다.

알랜이 갑자기 말했다.

"왜죠?"

부코 헤일은 깜짝 놀라서 그를 쳐다보았다. 그는 잠깐 멍한 표정으로, 시가를 놓칠 뻔했다가 그 큰 입으로 옮겨 물고 다시 피우기 시작했다.

"우리는 마지막 행성에서 머무를 수도 있어요."

알랜이 말했다.

"그럴 수……."

헤일이 말을 꺼냈고 머리가 천천히 돌아가기 시작했다.

"물, 놀이, 목재, 좋은 기후, 작은 군거지가 이미 시작되었고 아무 위험 없음. 나는 거기를 검토했어요. 당신은 아니었습니까?"

"머무른다고……, 오루크에?"

헤일이 말했다.

"왜 안 되죠? 그러는 것도 나쁘지 않아요. 우리는 우주선에 비행선 잡동사니들을 갖고 있죠. 조직도 있어요. 그러니 우리는 사람들처럼 우리 삶을 살 수 있다고요."

"우리의 삶을 살아? 뭐라는 거야, 취했나?"

"안 되는 타당한 이유를 대봐요."

"흠, 흠……, 이유야 많지."

헤일은 더듬거렸고 그에겐 답이 없었기 때문에 성을 내기 시작했다.

"우리는 매 항해마다 재앙과 술래잡기를 하죠. 이제 우리는 지구로 돌아가겠지만 그곳에서 뭘 발견하게 될지 누가 압니까? 확실한 것은 우리가 없었던 50세대 동안 바뀌었다는 거죠. 우리가 마지막에 들렀던 때보다 이번엔 지구와 더더욱 공통되는 게 없을 겁니다. 그들은 우리를 원하지 않아요. 그들도 우리에게 아무 소용없고. 우리가 짐을 갖고 가면 그들은 마뜩찮아하며 우리를 받아들이죠. 왜냐하면 심지어 그들의 손자의 손자의 손자의 손자조차도 우리를 보지 못할 것을 아니까요. 우리는 정말로 우리를 필요로 하는 별들 중에서는 어떤 별에도 힘을 쏟지 않아요. 이제 왜 우리가 오루크에 머물러 사람처럼 살면 안 되는지 말해 보십시오."

헤일은 성마르게 주위를 둘러보더니 자세를 꼿꼿이 했다. 성질이 폭발 지점으로 향하고 있었다.

"자네는 불평하는 건가? 자네는 멋대로 할 수 있는 자유를 좋아하지 않는다 해도 어떤 이들은 좋아해. 자네가 스포츠와 떼돈을 싫어한다고 해서, 그걸 좋아하는 우리가 몽땅 별 볼일 없는 놈들이라는 뜻은 아니야. 그러니……."

그는 소리치듯 말했고, 그의 목소리가 높아지며 더욱 긴장되었다.

"자네가 지구가 싫다면 다음 별에서 뛰어내리라고! 자네가 우주선에 있어야 할 필요는 없어!"

그리고 헤일은 가버렸다.

알랜은 마지막의 격렬한 비난에 몸이 굳었다. 이제 얼굴까지 시뻘

게진 채 서서 분노했다. 그들이 자신 없이도 해나갈 수 있다는 것은 알고 있었다. 조슬린은 충분할 정도로 자주 그 소리를 했다. 알랜은 정말로 자신이 속해 있지 않음을 알고 있었다. 그러나 단순한 질문에 대한 대답에 헤일이 그렇게 심한 소리를 하는 것은 불공평했다.

하지만 그게 단순한 것일까? 지난번 항해를 겪으면서 그는 궁금해졌다. 언어는 너무나 많이 바뀌어서 아주 형편없는 수준에서 이해했다. 알랜 역시 이제 훌륭한 영어를 구사할 수조차 없으며, 우주선 은어와 행성의 표층적인 말, 무역 용어, 시간을 초월한 우주어밖에 못 했다. 자신의 기술은 지구에서는 3500년 전에 잊혀진 구식이었다. 이제 자신을 그 사회에 맞추려면 1학년부터 공부를 시작해야 할 지경이었고 문법부터 교양까지 모든 것을 섭렵해야 했다. 그는 더 이상 지구에 속해 있지 않았다. 그는 집 없는 사람이며, 절대 영도와 영원 속의 방랑자이다. 하지만 헤일이 그렇게 심하게 몰아붙일 필요는 없었다.

알랜은 얼굴을 찡그렸다. 조슬린은 안락함을 좋아했다. 왜 그는 어느 호의적인 별 위에다 그의 우주선으로 새로운 식민지를 만드는 것이 정말로 얼마나 쉬울지 모르는 것일까? 지구는, 아니다. 그러나 천문학적으로 신뢰할 만한 계 속에 괜찮은 행성이라면 왜 안 될까?

그러고 나서 알랜은 자신들의 방문이 지닌 다소의 잔인함과 선원들의 탐욕과 방종을 기억했다. 가슴이 무너져내리지만 그가 보기엔 그것들이 정답인 것 같았다.

TO THE STARS

머 나 먼 우 주 에 서 펼 쳐 지 는 시 공 을 초 월 한 모 험 기

제13장

"지독한 골동품이네."

감독관이 말했다.

"하지만 수선할 수 있을 것 같아요."

알랜은 이 와이셔츠 차림을 한 지구인의 태도에 자신이 약 올라하는 것을 알고 약간 놀랐다. 항해할 때마다, 그 인종은 전에 접촉했을 때보다 불필요한 종족 같았다. 그리고 알랜 자신은 뭐라고 욕할지라도, 사냥개 호에 대한 비방이 그렇게 천한 입에서 나오는 것은 너그럽게 보아줄 수 없었다. 알랜은 답변의 첫마디를 실랄하게 내뱉으려다가 어조를 바꿨다. 기나긴 항해에서는 어떤 직업 윤리도 존재한 적이 없다. 어떤 세대에도 말이다. 그리고 우주선에 타고 있는 모든 이들의 목숨이 이 작자의 손에 달려 있을지도 몰랐다. 알랜이 말했다.

"당신이 뭔가 할 수 있으리라 믿어요. 물론, 언제나 그렇듯이 당신은 이 우주선의 기계 장치들을 위해 아무런 예비 부품들도 없을 테지만, 내 생각엔 예비 부품들이 필요한 곳에는 설비 일체를 다시 설치하면 될 것 같소."

감독관은 의심스런 눈초리로 그를 쳐다보았다.

"그렇게 마음대로 말하기에는 젊은 친구인 것 같은데. 그 정도 지출할 만한 권한이 있는 거요?"

"내가 구조를 담당하고 있어요."

알랜은 애써 성질을 죽이며 말했다.

"그리고 우주선의 수리를 위해서라면 필요한 돈은 얼마든지 지출할 수 있는 권한이 있소."

"흐음. 이제 기수에 그 구멍을 잡아봐요, 거기. 기수에 있는 이 오래된 모조 선단 작업은 수선하기가 그렇게 쉽지 않아요. 유성을 튀어나가게 하는 이 충돌 방지용 충전물은 몽땅 제거해야 하고, 그냥 둔다 해도 새로운 버팀대들이랑 코일 용수철 칸막이를 세워야겠고……, 비용이……, 흠흠."

계산하는 눈으로 알랜을 흘끗 보고는 말했다.

"자, 12만 타일러 안팎쯤 들겠는데."

알랜은 작은 책을 꺼내어 빈 면에 연필로 계산했다. 알랜은 각양각색의 통화를 환산할 수 없었고, 자신이 공학 기술을 배울 당시에는 달러를 썼다. 그래서 그는 환전의 매개체로 햄과 계란 한 접시의 가격을 이용했는데, 그것들은 보통 음식점에서 알랜이 살던 시대에 1달러쯤의 가치를 지니고 있었다. 그 지역 우주 공항 음식점에서 확인한 것에 따르면 이번에 제시된 수선비는 3만 달러쯤인 것이다.

"3만 달러라."

알랜은 투덜거렸다.

"10만 타일러 이상은 안 돼요."

"그러면 일이 날림이 되는데."

감독관은 우울하게 말했다.

알랜이 목소리를 낮추며 말했다.

"일이 만족스럽게 마무리되면 개인적으로 2,000타일러를 얻게 되는데도 말이오?"

감독관은 재빨리 주위를 흘끗거리고 나서 눈짓했다.

"당신네 기나긴 항해의 멋쟁이들은 거래에는 선수들이라니까. 세월을 들먹거리면서 말이지."

알랜은 그와의 대화 중 반 이상은 알아듣지 못했다. 비록 거래 안내서에 있는 이른바 우주어로 이야기가 이루어졌음에도 말이다. 알랜은 어디를 가든 이방인들과 함께 있다는 무의식이 커져갔다. 그는 나중에 어느 논쟁에서 이걸 놓고 다퉜다. 사회학적, 언어학적, 인종학적으로, 모든 것이 금속 우주선 껍데기 안에 포함되어 있는데, 진실로 고국이 있다는 것은 어리석은 생각이었기 때문이다.

감독관이 말했다.

"공기 탱크들에 문제가 있군요. 여과기나 전동기들에다 새로운 것을 설치하면 좋을 것 같은데."

162

그 감독관은 점점 교활해졌다. 이른바 기술의 르네상스라고 불릴 만큼 지구의 기술이 급속도로 발전하고 있었기 때문에 중고 장비는 구하기가 쉬웠고, 디자인도 아주 빠르게 바뀌었다. 그는 싼값에 구입할 수 있는 중고 장치들을 알고 있었는데, 대부분 지난해 것들이었다. 알랜은 그것들을 조사해 보고는 그 원리가 궁금해졌다. 그리고 마침내 그것들이 공기를 단일 원자들로 분해하여 쓸모없는 불순물들을 동력으로 사용한다는 것을 밝혀냈다. 그러고 나서 주위에서 볼 수 있는 모든 물질적 진보의 징후들로부터 좀 더 새로운 설비가 있을 게 틀림없다고 결론내렸다. 그것을 찾아 확보했는데, 그것은 지금 포장 상자 안에서 빛나고 있었다.

알랜이 이것에 대해 가격을 정하며 말했다.

"오늘 오후에, 나는 바로 뉴시카고로 가서 견적서를 확인할 거요. 나는……."

"어디로요?"

알랜은 돌아서서 도시가 펼쳐져 있는 북쪽을 처다보았다. 그 도시는 제6레벨 위였고, 관목들이 사방으로 1,200킬로미터까지 뻗어 있었다. 감독관이 말했다.

"칸디아를 말하는군요. 누군가가 여기에 한때 다른 도시가 있었다고 하는 이야기를 들었어요. 하지만 칸디아는 약, 가만있어 보자. 제길, 알고 있으면 좋을 텐데. 육칠백 년쯤인가. 진짜 오래됐죠. 사람들 말로는 제3삼두 정치 시대까지 죽 거슬러 올라가는 건물들이 좀 있다던데. 헬로랜드에서 제일 오래됐죠."

"어디서?"

"헬로랜드, 이 대륙 말이에요."

"북아메리카를 말하나 보군."

"그 이름은 들어본 적이 없네요. 어쨌든 이 견적서에 대해서는 말입니다. 날 믿어도 돼요. 중요한 건 오히려 내가 당신을 믿을 수 있냐는 거예요."

"보수에 대해선 걱정 마시오."

알랜이 말했다.

"우리는 아침녘에 짐의 반을 부리고 있었어요. 그걸 보지 못했소?"

"그랬죠. 하지만 뭘 부리고 있던 거죠? 당신네 기나긴 항해를 하는 사람들은 가끔 화물이란 것에 대해 굉장히 색다른 가치관을 갖고 있더군요. 작년 5월에 당신네 미친 사업 때문에 여기 와 있는 우주선 한 척을 보았는데 그 배는 돌을 싣고 왔어요. 그냥 평범한 돌을 말이오."

"돌보다는 더 나은 것임에는 틀림없을 거요. 50광년 내지 100광년 동안 돌을 운반해 올 사람은 없으니까."

"그냥 돌이었다고요. 우리는 그 탐험단과 말썽이 많았어요. 그들은 미치광이들처럼 굴더라고요, 몽땅 다요. 그 물질을 우라늄이라고 주장하더군요."

"한때는 쓸모가 있었지."

알랜이 옹호했다.

"나한테 그걸 증명할 순 없을 거예요. 우리는 눈에 띄는 책이란 책은 다 찾아봤는데 어디에서조차 찾을 수 없었다고요. 나는 3500년 된 물질인 원더바 IV에 관해 나와 있는 전집을 갖고 있어요. 반은 벌레들이 먹어버렸지만 나머지 반은 희귀본으로 팔아, 기술을 배우는 데 썼죠. 어쨌든 우라늄은 없더군요."

"그런 당신들은 연료로 뭘 사용하오?"

알랜이 물었다.

"모래요."

알랜은 깜짝 놀랐다.

"흠, 그건 오래 걸릴 텐데. 하위 핵분열이야, 흠, 흠."

"하위 뭐라고요?"

"핵분열."

"여봐요, 우리는 그런 거 없어요."

"모래를 어떻게 태우지?"

"그 위에다 카타판을 붓죠. 지그(약 14그램에 해당하는 단위이다: 옮긴이)당 200만 HTU(헬로랜드 열 측정 단위, British Thermal Units에서 나온 말로 1BTU는 화씨 60도의 순수한 물 1lb의 온도를 1기압에서 화씨 1도 올리는 데 필요한 열을 뜻한다: 옮긴이) 정도 만들어내요."

"HTU는 뭐고 지그는 뭐요? 그리고 카타판이란 건 뭐지?"

"이 양반아, 난 오늘 수업을 할 시간이 없다고요. 당신이 차고 있는 총을 완벽 가이드 한 권이랑 사전 한 권으로 바꿔요. 박물관에 딱일 테니. 당신네 사람들이 들어올 때를 생각해서 그들이 정말로 내 주위를 어슬렁거리고 있거든. 하루는 몰리 머피라는 이름의 우주선이 깃발을 내렸어요. 빨강, 하양, 그리고 파랑, 별들이 있고. 예쁘장했죠. 그들은 은하계를 반쯤 가로지른 것 같더군요. 6000년쯤 걸렸나. 그들이 우주선에 싣고 온 허섭스레기에 대해 얻은 대가는 다이아몬드 화물에 해당하는 거였어요. 다이아몬드 6톤 말이죠. 그들은 저기 격납고 다른 쪽에 있어요. 당신 이런 총 더 없어요? 버너 두 개랑, 그것도 새것으로 말이오. 일대일로 바꿔줄 테니."

"버너는 또 뭐요?"

"당신이라면 옆구리 총이라고 하겠군요. 2,000발짜리요. 카타판 연료고."

"카타판이란 게 뭐요?"

"자, 들어와 봐요."

그리고 그는 알랜을 격납고 사무실로 데려갔다. 그는 작은 유리병 하나를 집어서 불빛 쪽으로 들었다. 거기에 뭔가가 약간 들어 있었다.

"이게 카타판 1지그요. 2,000타일러의 가치가 있는 겁니다. 이 물질은 명왕성에서 얻어요. 광석 추출물이죠. 자, 그 총을 주면 여기 이 책들을 가질 수 있어요. 읽을 수 있겠소?"

"시도해 보리다."

알랜이 말했다.

"자, 여기 우주어에 대해 속속들이 실려 있는 사전이오. 당신네에게 편의를 제공하기 위해서 박물관에서 만든 거요. 아마도 1년에 당신네들 중에 여섯에서 여덟 정도가 여기로 오는 것 같고 우리의 주요 사업은 토성 정기선과 태양 여행 회사지만, 우리는 편의 시설들을 갖추고 있죠. 유일하게 이 대륙의 어디에서나 당신네를 받아들일 수 있는 낡은 격납고를 가졌고. 그리고 우리는 당신들의 주문을 들어주도록 되어 있어요. 이제 당신이 여기로 바로 만들어와야 할 돈은 200만 타일러쯤 돼요. 현금을 만들 수 있는 게 확실한 거요?"

"우리는 80억 타일러어치의 모피 제품 화물을 가져왔소."

알랜이 말했다.

"어떤 종류죠?"

"미자르 별 브라나 계급의 로터스요."

"어이쿠. 그랬나요? 자, 당신네 사람들은 당신이 뭘 하고 있는지 신경 쓰지 않는 게 틀림없군요. 그리고 그게 현명하지. 나는 어느 고위 관료의 여자 친구에게서 딱 한 번 봤을 뿐이라고요. 모두 금빛인가요?"

"추운 계절에 얻은 약간은 진홍빛이오."

"자 이봐요, 당신네들이 먼저 숙이고 들어갈 필요는 없어요. 누군가가 80억어치를 주문한 거라면 내 짐작에 그건 200억어치에 맞먹는다고요, 원칙대로라면. 여자는 영원히 여자니까."

"이 카타판 광석은 뭐요?"

"그 책에 있어요. 명왕성에 소량이 매장되어 있죠. 명왕성만 알려져 있어요. 여기 그 광석 덩어리가 있소. 당신네 사람들을 돕고 싶군요. 만약에……."

"휴우!"

알랜이 흥분 때문에 몸을 똑바로 펴며 탄성을 질렀다.

"아하! 그걸 읽었군요?"

"용암이 솟구치는, 광석의 산이라니."

"그 광석은 1지그당 500타일러나 하죠. 자, 담배 한 대 하겠소?"

알랜은 담배 상자로 손을 뻗었고 상자는 거의 비어 있었다.

"그냥 피워요. 하지만 지금 막, 당신이 다시 여기로 올 때면 나는 먼지로도 존재하지 않으리라는 것을 떠올렸죠. 어쨌든 담배는 피우세요. 우리는 당신네 사람들이 낸 200만 타일러에서 10퍼센트는 얻을 테니까. 사양하지 말고 한 대 더 피워요."

알랜은 아침에 우주선을 수리하기로 최종 합의를 하고 서둘러 우주선 트랩에 올랐다. 대부분의 선원들은 '행성 표면'에서 시간을 보내고 있었다. 그러나 스누저는 문 안쪽에 앉아 있었다.

"조슬린 선장은 승선했니?"

"선장은 몇 사람하고 저기 위에 있어요."

스누저가 말하며 행상인에게서 얻은 스카프의 단을 털었다.

"시내 쪽으로 갈 건가요, 알랜 씨?"

그러나 알랜은 사다리를 타고 다급하게 큰 선실로 들어갔다. 그는 한 손에 그 광석을 들었고, 다른 손에는 사전과 기술 서적을 들고 있었다.

"선장."

"그리고 내 보장합니다, 신사 여러분."

조슬린은 부드럽게 말을 이었다.

"식민지로서 그렇게 칭찬할 만큼 괜찮은 곳은 달리 없습니다. 좋은 공기, 단위 중력, 식용 가능한 식물들, 지구와 같은 동물의 생태. 내 확신합니다만, 조니스 랜딩은 이상적인 곳입니다."

알랜은 자기가 들은 소리를 믿을 수 없어서 그대로 멈춰 섰다. 조니스 랜딩에 대한 자신의 기억은 죽음과 실망으로 마음을 찌르는 것이었다. 그는 물러섰다. 조슬린이 그를 소개했다.

"여기는 알랜 코다이입니다. 우리의 이등 항해사죠. 재주가 출중하고 뛰어난 젊은 엔지니어지요. 우리 대원들이 지닌 우수성의 좋은 예입니다. 레지먼트 호버 씨일세, 알랜."

알랜은 머리가 희끗희끗하고 침착한 얼굴의 노인과 악수를 했다. 노인은 차례로 그 무리의 다른 네 명을 그에게 소개해 주었다.

"조슬린 선장이 우리에게 몇몇 유망한 곳들을 소개해 주고 있었네."

레지먼트 호버가 더듬거리며 우주어로 말했는데, 분명히 최근에 배운 것은 아니었다.

"자네는 새로운 식민지로서 조니스 랜딩에 대해 어떻게 생각하는가, 젊은이?"

알랜은 자기 생각을 맹렬하게 쏟아놓으려다가 평소에는 나른한 조슬린의 눈 속에 번쩍임 때문에 주저했다.

"알랜은 조니스 랜딩에 대해 높이 평가하고 있습니다."

조슬린이 말했다.

"그는 그곳에 한 번 간 적이 있습니다. 이 신사 분들께서는 가능성이 있는 식민지를 원하시네, 알랜. 우리가 아마도 이분들과 그에 따른 장비를 운반하는 기쁨을 누릴 수 있을 걸세. 이제 이 신사 분들께 솔직하게 자네가 조니스 랜딩에 대해 어떻게 생각하는지 말하게나. 그곳은 비옥한가?"

"그렇습니다, 저는……."

"그리고 단위 중력이고?"

"물론이죠, 하지만……."

"그리고 인간에게 유용한 동물들 외에 다른 동물들은 보지 못했지?"

"못 봤습니다. 그들은……."

"그리고 물과 공기는 우수한가?"

레지먼트 호버가 물었다.

"물론입니다. 하지만 저는……."

"무슨 소리를 하려는 거였나, 알랜?"

조슬린이 말했다.

"신사 분들께 계속 말씀드리게나."

알랜은 입술을 깨물었다. 그의 기지는 조슬린 때문에 한순간 얼어붙었다가 돌연 대답들과 함께 요동쳤다. 대답할 때 알랜의 목소리에는 아주 희미한 비웃음이 담겨 있었다.

"저는 이 신사 분들께서 조니스 랜딩이 훌륭한 곳임을 알게 되실 거라 확신합니다, 선장. 아주 훌륭한 종류의 환경이지요. 제가 방금 발견한 뭔가를 선장께서 알게 되시면 그렇게 찬동하시리라 생각되지는 않습니다만."

알랜은 광석 조각과 안내서를 내려놓았다.

"선장, 이 신사 분들께 카타판에 대해 물어보셔도 됩니다. 이것이 모든 것을 대체했어요. 우라늄, 석탄, 기름, 서멀론(연료 종류 중 하나이다:옮긴이) 등을."

그는 조슬린의 손에다 그것을 쥐어주었다.

"그리고 이것은 1온스당 2,000달러의 가치가 있습니다."

조슬린은 그 광석으로부터 올려다보면서, 눈을 가늘게 한 채 알랜을 샅샅이 뜯어보더니 안내서를 대충 훑어보았다. 알랜은 노인과 그의 친구들을 향해 웃어 보였다. 알랜은 그들을 보는 순간 마음에 들었다. 성실하고 이상을 품은 돈키호테 같고, 전 우주를 믿으면서 식민지로 향하는 모습, 그것은 그 자체로 많은 것을 이야기해 주었다. 대개의 식민지 개척자들은 죄수이거나 정치적 망명자들, 망한 나라 국민들, 인종 개량상의 버림받은 자들이었다. 아주 오래전 한때는 레지먼트 호버나 그의 친구들 같은 이가 우주 공간에서의 모험을 떠맡았더랬다. 지구는 권할 만하지도 단념하라고 할 만하지도 않았다. 때때로 지구는 별들을 향해서 필요 없는 것들을 내보내곤 했는데 한 번은, 패배한 금성의 반역자 함대를 잔뜩 모아 우주 공간으로 보내버린 적도 있다. 알랜은 No.5 Sun16에서 그 우주선들 중에 하나와 만났는데, 그 우주선은 이제 기나긴 항해 무역에 종사하고 있었다. 지구 편에서 이렇게 얕잡아 보는 행동은 그에게 지구가 식민지로부터 두려워할 것이 얼마나 없는가를 떠올리게 했다.

레지먼트 호버는 다른 계들에 대한 진실을 알 수도 있고 모를 수도 있었다. 그러나 저 바깥 어딘가에 놓여 있는 식민지는 여러 세대에 걸쳐서 돌아가려면 어디에 있는지 위치를 알기가 어려웠다. 새로운 소식들이 수천 년 이상으로 기나긴 항해를 하는 우주선들 사이에 널리 퍼지기는 어려웠다. 다른 우주선들도 그 행성이 풍요롭지 않으면 멈추지 않기 때문에 완벽히 포기되고 절대적으로 고립되어 용감한 사람에게조차도 그 전망은 불안했다.

식민지에는 단기 이득이 없으므로 지구는 그에 대해 신경 쓰지 않았다. 그래서 여태까지는 식민지들이 세워지는 것에 최소한 반대하지는 않았다. 지구 문명이 지속적으로 진보하리라는 그들의 철학에 입각해 지구에서 뒤를 잇는 정부들은 외계로부터의 공격을 겁낼 게 전혀 없음을 알았다. 적대적이고 심지어 끔찍하기까지 한 많은 종족들이 별들 중에서 발견되었지만, 누구도 우주를 지배할 만한 기술이나 지배를 시도할 만한 기술조차 없었다. 나아가, 우주에서 지구 문명을 사용하는 어떤 식민지에 의한 무슨 공격도 그 공격 자체가 무기나 우주선의 관점에서 보자면 지구 문명에서 아마도 수백 년은 뒤떨어졌다는 것을 발견할 것이다. 최신의 것을 취하더라도, 레지먼트 호버는 조니스 랜딩에 내리는 순간 지구의 기술로부터 30년은 뒤처질 터였다. 이미 설립된 식민지조차도, 기나긴 항해 중인 어떤 우주선으로부터 최신의 기술 정보를 얻는다 해도, 지구와 경쟁할 만한 효과적인 공격력을 쌓을 수 없을 것이다. 그리고 어떤 별에서 온 공격자라면 실로 고향을 영원히 등져 절망에 빠진 병사들을 달래야 할 터였다. 왜냐하면 어느 별에서 온 어떤 군대라도 제때 고향으로 돌아가 동포들과 합류할 수 없을 것이기 때문이다.

그래서 지구는 그러한 어떤 활동도 반대하지 않았다. 기나긴 항해에 대해서도 거의 신경 쓰지 않았다. 레지먼트 호버 같은 사람들이나 그들을 따르는 낙관적인 사람들에 대해서는 전혀 신경 쓰지 않았다. 이와 같이 지구 인구로부터 빠져나가는 것은 소수지만 환영받았다. 알랜이 그날 아침에 발견한 것처럼. 지구는 현재 모든 경작지마다 열 배의 사람들이 살고 있었으며, 그것은 현재의 농업이 제공할 수 있는 것의 160퍼센트 정도에 달했다.

그러나 기나긴 항해를 원하는 자원자들은 아주 적었다. 가기 위한 돈이 있고 그것을 시도할 만큼 절망—돈이 없다고 꼭 절망하는 것은 아니다—한 최소한의 사람들뿐이었다.

"당신이 좋은 설비를 얻게 될 거라 확신합니다, 선생."

알랜이 생각에 빠진 조슬린의 침묵을 깨려고 말했다.

호버가 상냥하게 웃었다.

"우리는 아주 훌륭한 것을 갖고 있네, 알랜 코다이 씨. 아주 훌륭하지. 하지만 물론 자네들과 같은 노련한 일꾼들의 조언이 필요할 테니 그의 충고를 따를 걸세. 자네들은 저 바깥이 어떤지 알지만 우리는 모른다네."

조슬린이 경계하며 올려다보았다.

"자네가 생각하는 곳이 떠올랐네, 알랜. 아주 잘 기억하고 있어. 그리고 그 산을 기억하네. 틀림없이 이 광석은 바닥에 규토와 가까이 있어. 이 문제에 대한 자네의 관심에 감사하네."

알랜은 미소를 지으려고 했다. 한때 그는 조슬린에게 칼을 품고 있었기 때문이다. 그러나 그는 조슬린이 어떤 것에 대해 누구에게 고맙다는 소리를 할 때는 반드시 마음속에 딴생각을 품고 있음을 깨닫고 웃음을 거뒀다.

조슬린이 말을 이었다.

"아주 유익하군. 그러나 명왕성의 매장량이 그렇게 소량이라면, 우리가 돌아올 때쯤이면 저들이 좀 더 새로운 연료를 찾아냈으리라는 걸 의심하지 않네. 알랜은 아직 젊습니다, 신사 분들. 그가 이런 하찮은 문제를 가지고 불쑥 뛰어든 실례를 용서하시기 바랍니다. 자네는 나가도 좋아. 그리고 만약 자네가 어떤 신기한 것을 발견하거들랑, 부디 실수하지 말고 보고하게나. 실수 말라고."

알랜은 순전한 증오로 번득이는 시선을 그에게 던지고 나서 재빨리 태도를 바꿨다. 그 방을 나오면서 그는 조슬린의 부드러운 목소리를 들었다.

"자, 신사 여러분, 이 모험에 대해서 말합시다. 여러분이 붐비는 것을 신경 쓰지 않는다면 우리는 500명을 태울 수 있습니다. 우리는 새로운 공기 공급기를 설치 중인데, 아주 최신형입니다. 어쨌든 몇 주일밖에 안 됐으니까요. 그러나 나는 화물을 위해서 숫자를 줄이시는 편을 권합니다. 여자 300명, 남자 100명. 마침 제가 조니스 랜딩에서 아마도 유용할 은닉처에 대해 알고 있습니다만, 어쨌든 화물은 중요한 품목이니까요. 그 외에, 승객당 1,000타일러에⋯⋯."

스누저는 여전히 에어로크에 있었다. 알랜은 이번 모험에 대한 비통한 마음 때문에 그녀를 거의 보지 않았다. 승객당 1,000타일러. 그리고 화물을 위한 고액. 그리고 그 많은 훌륭한 젊은이들의 반은 영원히 우주선에 태워질 것이고, 가장 예쁜 여인들은 감금당하고, 어느 식민지가 갑자기 멸망했던 곳에 세워진 식민지는 그후에⋯⋯.

"내려가려고요?"

스누저가 말했다.

"나한테 이 이상한 타일러가 여섯 개 있는데."

"저자는 악마야."

알랜이 흥분하며 말했다.

"악마라고! 악마!"

그리고 그는 성이 나서 트랩을 내려갔고 시야에서 멀어졌다. 그러는 동안 스누저는 풀이 죽어버렸다. 새 스카프도 이제 그렇게 예뻐 보이지 않았고, 그녀는 눈물 어린 눈으로 그의 모습을 뒤쫓았다.

TO THE
STARS

제14장

희박한 공기 속에 떠 있는
모든 중력에서 벗어난
저 이상한 승객을 봐요.
그의 머리카락 속에 그의 커피…….

"맙소사. 우리가 이 우주선을 깨끗하게 쓸어낼 수만 있다면 행복할 텐데."

퀸이 말을 끝맺었다.

알랜은 혐오감으로 진저리치며 사관실 탁자 맞은편의 그녀를 바라보았다. 그녀는 마르비의 지저분한 소굴에서 가져온 술 상자를 내려놓으며 염색한 머리카락을 매만졌다.

느림보가 웃음을 터트리고는 그의 술병 쪽으로 손을 뻗었다.

"괜찮네. 그래도 여자들이라니, 안 그래요?"

퀸이 말했다.

"자네 여자들은 자네한테 그다지 어울리지 않아. 자네가 언제쯤 멋쟁이를 태울까, 귀염둥이? 난 오랫동안 준비되어 있었는데."

느림보가 말했다.

"늙은 마르비가 갖고 다니는 지독한 칼이 무시무시하게 존경스러울 뿐이에요. 그것만 아니면 내가 물러설 리 있나요, 부인. 티리릴리 투라루, 오늘의 첫 번째라네."

"첫 번째 술병이란 말이겠지."

여왕이 말했다.

"흠, 나는 보답 없는 애정 장면을 계속 보여줘야겠구나, 아가야. 여기 네 담배다, 알랜."

알랜은 담뱃갑의 봉인을 뜯고 하나를 뽑았다. 담배는 점점 손에 넣기 힘들어졌다. 돌연, 퀸이 느림보를 향해 미소 지을 때 알랜은 자신이 얼마나 외로운지 깨달았다. 알랜은 퀸을 좋아하지도 존경하지도 않았다. 그녀가 마르비와 다투는 일 때문이기도 하지만, 타고난 비위생적인 태도 때문이기도 했다. 그가 두세 항해 전에 물 재활용 시스템을 설치한 후에 물 사용이 무한정 가능해졌는데도, 우주에서 지나치게 오랫동안 있었던 퀸은 씻는 일이 없었다. 그는 그녀의 음탕한 농담과 그녀가 초보 우주인으로부터 헤일에 이르기까지 모든 사람과 친밀

한 것에 질겁했다. 그러나 그는 불쑥 그녀가 우주선의 변함없는 일부분이고, 자신의 세계에서도 일부분을 차지하고 있다는 사실을 깨달았다. 그리고 그의 세계와 그의 우주선처럼, 그녀는 이제 그를 무시했다.

알랜은 값비싼 담배에 불을 붙이고는 아무 맛도 없는 걸 알았다. 느림보를 쳐다보았더니, 그는 탁자 끝 좌석에 축 늘어져 카페로얄을 홀짝거리고 있었다. 그 커피는 그가 망을 볼 때, 조슬린과 같이 있으면서 함교에서 순식간에 슬쩍한 것이다. 느림보는 누구에게나 친절했는데 이제는 그조차도 알랜에게는 냉담해 보였다.

"느림보."

알랜은 갑자기 물어보고 싶어졌다.

"뭐?"

"아니야."

"그래."

알랜은 다른 쪽을 쳐다보며 불편한 듯 몸을 뒤틀었다. 그는 극복할 게 무지하게 많았다. 그는 10등급인으로서 타고난 퉁명스럽고 냉담한 태도를 지녔고 그것은 그가 동료들과 교제하는 데 굉장히 많은 결점을 지녔다는 것을 의미했다. 이렇게 다종다양한 무리 속에, 둘만의 친밀한 관계가 없이 살아가는 것은 쉽지 않았다. 그가 10등급인이라는 것을 잊을 수는 없을까? 아마도 그것이 그의 문제일 것이다. 10등급인……. 하지만 이제 10등급이라는 게 세상천지 어디에 있는가? 고대 역사에 박학하고 깊이 있는 학자를 빼고는 지구상의 그 누구도 이제는 10등급인이 뭐였는지조차 몰랐다. 어떻게 사람이 그의 배경으로부터 떨어질 수 있을까? 그는 과연 그럴 수 있을까?

어느날 밤 모두에게, 심지어 알랜에게조차 알랑거리는 스트레인지가 정신에서 경험을 지우는 것에 대하여 뭐라고 한 적이 있다. 스트레인지는 그의 청년 시절에 보았던 고대의 '무슨 작업' 이 정신으로부터 충성심조차도 지워버릴 방법을 도출해 냈다고 주장했더랬다. 단지 잊어버릴 수만 있다면 얼마나 좋을까. 그러나 스트레인지가 '무슨 작업' 을 했던 공허한 눈빛의 사람들, 그 몇몇 선원들의 모습을 떠올리고는 진저리쳤다.

　알랜이 몸을 돌려 느림보에게 선원들이 자신에 대해 어떻게 생각하느냐고 막 물어보려는 찰나에, 무중력 때문에 위로 떠다니던 알랜의 담배들이 느림보의 빈 커피 잔 속으로 와르르 떨어졌다. 우주선 안에 변화가 있을 때 모든 선원이 늘 그렇듯이, 알랜도 깜짝 놀라서 일어섰다가 뒤로 주저앉았다.

　"착륙하려고 감속하는 거지?"

　느림보가 말했다.

　"우리는 서른 번의 정찰을 할 테고. 아이고, 일하러 가야겠군. 꼬맹이 여우 눈 빌이 그 일을 할 테지만. 참 괜찮은 상황이야. 그 녀석은 아직까지 힘든 일이 뭔지 몰라서 우주선 조종에 미쳐 있으니까."

　그 말에 알랜은 흥미가 일었다.

　"누가 당신에게 그런 권한을 줬죠? 이런, 그는 아직 어린애라고. 열두 살인가, 그렇지 않아요?"

　"약간 결점이 있긴 하지만 훌륭한 조종사야. 지난번 지구 감찰 때는 계속해서 버저를 눌러댔다니까. 그 녀석을 멈추게 하느라고 패줘야 했다고. 타고난 승무원이야."

"그 소년이 모든 제어를 한다는 소리예요? 느림보, 빌은 조종석 밖을 볼 수 있을 만큼도 자라지 않았다고요."

"언젠가는 해야 할 일이야."

느림보가 말했다.

"하지만 우주선은. 우리가 가진 유일한 거라고요!"

느림보가 일어섰다.

"아아, 허튼소리, 알랜. 쓸데없는 소리 말고 죽을 운명의 존재들처럼 살라고."

그리고 마음씨 좋은 느림보는 그의 술병을 들고 뒤도 한 번 돌아보지 않고 사관실을 떴다.

알랜은 그 조종사의 등을 노려보다가 잠시 후에 주저앉더니, 상처받은 눈으로 그의 빈 잔만 뚫어지게 쳐다보았다.

커다란 눈에 깨끗하게 세수한 스누저가 문 바깥에서 머뭇거렸다. 그러고는 별안간 용기를 내어 말을 뱉었다.

"알랜 씨, 선장이 인사말과 함께 항행 확인을 바란다고 하셨어요."

알랜은 일어섰고 그녀를 지나 함교 쪽으로 이어져 있는 사다리로 걸어갔다.

"담배를 잊으셨어요, 알랜 씨."

스누저가 말하며 담배를 냉큼 잡았다.

알랜은 담배를 받아 가버렸다.

TO THE STARS

머나먼 우주에서 펼쳐지는 시공을 초월한 모험기

제15장

조니스 랜딩은 모습이 약간 바뀌어 있었다. 농장과 도시들이 점점이 흩어져 있고, 인공 댐이 있는 호수가 있고 알랜이 알아보니 고대의 전력 공급선인 듯한 뭔가가 그물망을 이루었다. 조니스 랜딩의 이 갑작스러운 변화는 조슬린에게 몹시 비위 상하는 일이었다.

조슬린의 얼굴은 함교에 서 있는 동안 증오로 인해 해골처럼 하얘졌고 무지막지하게 쌍안경을 움켜쥐고 있었다. 그들이 착륙한 언덕 마루까지 뻗어 있는, 돔으로 뒤덮인 작은 도시들의 즐거운 경치가 선장에게 그렇게 영향을 미칠 수 있다는 것에 알랜은 깜짝 놀랐다. 그래서 알랜은 선반에서 자신의 쌍안경을 가져와 스스로 조사해 보았다.

그들이 서 있는 언덕은 들판 위로 150미터쯤 위에 있었다. 그리고 사냥개 호의 함교는 꼬리 쪽보다 120미터쯤 높이 솟아 있기 때문에 전망이 아주 좋았다.

그러나 3초 만에 자기 쌍안경으로 쉰 개의 동력을 보고서, 알랜은 비록 훨씬 덜 동요하기는 했지만 조슬린이 본 게 뭔지 알았다. 거기에는 작은 부대가 있었다. 여섯 대의 탱크를 앞세우고 뒤에는 대포를 이끌고 가장 가까운 도시에서부터 길 위로 모습을 드러냈다.

그러나 그들은 인간이 아니었다.

"알랜!"

조슬린이 사나움으로 하얗게 긴장해서 잘라 말했다.

"휴대 무기를 갖고 스무 명을 데리고 가서 공격해!"

알랜은 한순간 멍하니 조슬린을 바라보다가 그 떼거리를 뒤돌아보았다. 지원병과 함께 500명의 인원이 들판을 가로질러 달려오고 있는 게 분명했다. 그리고 그는 고색창연한 무기들을 보았다.

"네넷, 선장."

알랜이 말했다. 그리고 5분 후 그는 언덕을 내려가 우주선으로부터 2.5킬로미터쯤 떨어져 있는 바위들 사이에 협곡으로 달려 내려가고 있었다. 알랜 뒤로 스무 명의 선원들이 있었고 여우 눈 빌은 그의 옆에서 흥분으로 전율하며 껑충껑충 뛰었다. 그리고 전령의 기회를 잡은 것에 우쭐해서 뽐내며 말했다.

"내가 다섯 살쯤에 저들을 봤어요."

빌은 머리카락이 똑바로 서게 잡아당기며 덧붙여 말했다.

"여기 살던 식민지 사람들이 저들을 노예로 부렸어요. 그런데 그들 모두 무슨 이유 때문인지 죽어버렸죠. 우리가 지난번에 착륙했을 때는 당신도 여기 있었죠. 내가 열 살 때 이후로 수천 년 동안 그들이 또다시 어딘가에서 솟아나온 것 같아요."

알랜은 다가오는 병력의 규모를 가늠하고 있었다. 알랜은 자기편 사람들을 협곡의 길 양쪽 위치에 배치하고, 사정거리 3킬로미터 안에 적이 들어오면 쏠 수 있도록 태세를 갖추었다.

"옛날에 조슬린은 이런 종족들에게 죽음의 신이었어요."

빌이 재잘거렸다.

"난 그가 50만 글리니티를 한 번에 불태워 버리는 것을 본 적 있어요. 카펠라별의 대부분을 불에 태워 싹 쓸어버렸다니까요. 그건 당신이 오기 전 일이에요. 껌 없어요?"

기어오는 뱀 같은 군대를 지켜보며 알랜은 약간 몸서리쳤다. 그것은 으스스했다. 이 '사람들'은 그의 쌍안경을 통해 볼 수 있는 아무런 형상도 눈도 없었다. 그러고 나서 그는 그들의 가장 가까운 도시를 보았다가 전기 공급선을 보았다. 이상하지만 이것들은 그가 지구의 고대 역사 속에서 보았던 어떤 것과도 정말 달랐다. 갑작스레 놀라며 그는 다가오는 군대 쪽으로 시선을 돌렸다. 그것들은 한정된 물리적 현상을 지닌 어떤 사회를 전개시킬 수 있었다. 그러고 나자 가벼운 냉기가 그를 쳤다. 만약 저들이 이렇게까지 배울 수 있다면, 언젠가는 기나긴 항해에 우주선을 띄울 것이다. 그리고 그 군대는 그들이 인간에게 최소한의 쓸모도 없음을 보여주었다. 빌이 말했다.

"저들을 한꺼번에 처리할 건가요? 아니면 장거리에서 하나씩 겨누어 쏠 건가요?"

알랜은 빌의 말을 무시했다. 알랜은 휴대용 레인저를 꺼내어 2킬로미터 떨어져 있는 곳에 새하얀 돌을 겨냥했다. 그는 긴장해서 기다리고 있는 그의 우주인들에게 정보를 넘겨주었다.

계속해서 그 갈색 뱀은 먼지 사이로 다가왔다. 선두 탱크들이 흰 돌에 닿았다. 우주인들이 주시하고 있던 알랜의 손이 올라갔다. 뱀이 다가오면서, 담 너머로 꿈틀거리며 나아가는 뭔가처럼 부풀었다가 행군해 오던 길에 떨어졌다.

그 뱀들의 절반이 흰 돌을 지났다. 알랜은 짧고 잔인하게 내려치는 동작으로, 팔을 내렸다. 무기들이 우지직거리며 내뿜자 공기가 이온화되면서 햇빛은 침침해졌다.

그 뱀의 중간에 몸부림이 있었다. 그리고 공기가 지직거렸다. 먼지와 불붙은 포장도로에서 나는 연기가 위로 굽이쳐 하늘로 느릿느릿 퍼져가며 그 살육을 가렸다. 그 장막은 점점 더 농밀해졌고, 컴컴해졌고, 빨갛게 날름대는 불꽃으로 내부의 빛을 키웠다. 계곡은 악취와 연기로 가득했다.

그리고 나서 갑자기 그들의 100미터쯤 앞에 굽이치는 구름들로부터 세 대의 탱크가 나타났다. 그것들로부터 나온 관들이 껑충 뛰어 날뛰며 진홍색 물체를 뱉어냈다. 알랜의 얼굴 앞으로 바위 조각들이 날아올랐고 그는 정신을 잃고 뒤로 쓰러졌다. 일정한 거리에서 여전히 불을 뿜고 있던 우주인들이 미친 듯이 그들의 휴대용 무기들을 재조정했다. 그리고 탱크 한 대가 그들 가운데서 격렬하게 움직였다.

우주선으로부터 굉음이 들리며 우주선 전방의 포대가 불을 뿜었고, 대기는 하늘 높이 푸른 넝마처럼 갈가리 찢겼다. 여우 눈 빌이 알랜의 무기를 잡아채어 잠금쇠를 제치고 탱크가 돌아서서 그 주둥이를 내리려는 순간, 총을 쐈다.

녹아버린 금속들이 폭발적으로 끓어오르며 파편들이 타올랐다. 빌은 덤으로 다시 쏘아댔다.

두 시간 후에 알랜은 붕대를 감고 조용한 함교에 서서, 조슬린을 기다리고 있었다. 알랜은 무슨 소리를 들을지 알고 있었다. 그는 유개차를 탄 기갑 부대를 하나씩 겨누어 쏘지 않았고 연기와 먼지의 차폐물 아래서 그것이 빠른 속도로 다가올 수 있다는 것을 잊는 실수를 범했다. 그로 인해 선원 한 명이 죽었고 자신은 간신히 어린 여우 눈 빌에 의해 구조되었다.

조슬린은 아래층에서 레지먼트 호버와 조니스 랜딩의 번창하고 있는 어떤 지역을 손에 넣을지에 대해 의논하고 있었다. 어쩌면 느림보의 비행기로 이 소름 끼치는 도시 위에다 바이러스를 뿌려 그것들을 없애버릴 수 있을지도 몰랐다.

마침내 조슬린이 함교로 올라왔다. 알랜은 얼어붙었다. 그러나 조슬린은 알랜을 한 번 흘끗 보고 나서 자기 선실로 들어가 버렸다.

TO THE STARS

머 나 먼 우 주 에 서 펼 쳐 지 는 시 공 을 초 월 한 모 험 기

제16장

그것은 길고 지치는 여행이었고 그들은 모두 피곤해했다. 낡은 하늘의 사냥개 호는 1년에 걸친 여행의 누적된 고장들로 인해 부분적으로 기능을 상실했고 충분한 공급품이나 연료를 얻을 수 있는 어떤 곳에도 닿지 못했다.

조니스 랜딩에서 파라다이스 알코어까지, 파라다이스 알코어에서 스위니 메락까지, 스위니 메락에서 코팩신 듀베까지, 코팩신 듀베에서 지구까지, 아니면 조종사가 표현한 것처럼 지구 항성까지. 그것은 기나긴 항해에서 '큰곰자리 순회 여행'이라고 알려져 있는 경로였다. 우르수스 메이저(큰곰이라는 뜻이다 : 옮긴이), 일명 디퍼 자리의 주요 식민지들을 거치기 때문이다. 그리고 이전의 여행에서 예비 부품들을 얻었던 코팩신 듀베에서는 일이 잘되지 않았다. 그래서 외부 대기권(일반적으로 지구 표면에서 아주 먼 거리에 있는 대기권을 지칭한다 : 옮긴이)에 들어서서 느림보를 내보내니 안도감 같은 게 밀려왔다.

그들은 낙관하며 그를 기다렸다. 여자들은 뭘 살지에 대해서 이야기하고, 승무원들은 좀 더 나은 음식과 총과 망보기의 긴장을 풀어줄 보충 요원들을 기대하고서 행복해했다. 그러나 느림보가 돌아왔을 때 상황은 바뀌었고 소문이 온 우주선으로 퍼졌다. 지구는 전쟁이 벌어졌었다. 하지만 그 전쟁은 끝났고 이미 몇백 년 전에 끝난 일이었다.

조슬린은 그들의 오래된 우주 공항, 한때 뉴시카고였던 곳을 향해 우주선을 몰았다. 그리고 우주의 어둠으로 인해 오랫동안 캄캄했던 현창을 통해 선원들은 불안한 마음으로 가축이 풀을 뜯고 있는 연초록의 언덕들과 졸린 듯 둔하게 강물이 흐르는 평야를 내려다보았다.

그리고 조슬린은 느림보가 갈겨쓴 보고서를 쳐다보더니, 어깨를 바로하고 침로를 지휘하기 시작했다. 그들은 두 시간 내에 알랜이 한때 콜로라도라고 알고 있었고 지금은 수백 마일에 이르도록 도시가 불규칙하게 사방으로 쭉 뻗어 있는 지역 위로 들어섰다.

아래쪽에 우주 공항이 놓여 있었으므로 지친 승무원들과 녹초가 된 우주선은 편안해졌다. 그것은 이상한 공항이었으나, 그 위에 설화석의 축처럼 우주선이 있었다. 조슬린은 그 옆으로 하늘의 사냥개 호를 몰아갔다. 그리고 마지막 남은 발진 연료로 거칠게 착륙했다.

우주 공항의 갑문이 금속성에 부딪치는 소리를 내며 열렸고 햇빛과 공기가 그 안으로 몰려들었다. 선원들은 서서 함교로부터 '하선하라'

는 말이 들리길 기다렸다. 그러나 그 말은 나오지 않았다.

조슬린은 공항의 문들을 쳐다보았고 그것들이 금속으로 이루어진 갑문임을 알았다. 그는 함교의 높은 곳에서 유리를 통해 주변 지역을 쓸어 보았다. 주위는 온통 폐쇄되어 있었다.

그리고 거기엔 시야에 들어오는 단 한 명의 인간도 없었다.

조슬린이 쿨룩거렸다. 그는 지쳐 보였다. 어느 행성에서 겉보기에는 매력적이나 독성이 있는 산화베릴륨에 노출된 후로, 그는 건강하지 못했다. 그리고 그가 우주 헬멧 속에 헐렁한 밸브의 희생자로 죽을 거라고 스트레인지가 말했다는 소문이 조용히 우주선 전체에 퍼졌다. 그는 명주 손수건을 입에다 대고 눌렀고, 다시 기침을 하고 나서 헤일 쪽으로 돌아섰다.

"이걸 어떻게 생각하나?"

"경고 같은데요."

헤일이 말했다.

"알랜, 다른 우주선 쪽으로 가서 저들이 이곳에 대해 아는 것을 알아내게."

알랜은 경례하고 나서 지상 에어로크 쪽으로 사다리를 타고 순식간에 내려갔다. 그는 햇빛 속으로 발걸음을 내디뎠고, 깊은 숨을 들이쉬기 시작하고 나서 또다시 지구에 있다는 그의 모든 환희를 지워버리는 이상한 전조에 놀랐다. 너무나 적막했던 것이다.

그는 재빨리 다른 우주선까지 달려갔고, 우주선의 이름을 읽고 나서 현문을 흔들었다. 우주선은 화성의 '제1 멀리 날기 호' 였다.

"안녕하시오, 선장!"

그는 형식적으로 인사했다.

그의 목소리는 우주선 안에서 기묘한 메아리를 만들어냈다. 알랜은 현문을 지나 죽 걸어가면서 무슨 예감 때문인지는 몰라도 무기를 움켜쥐었다.

그러나 우주선은 비어 있었다.

그는 경계하며 더 안쪽으로 들어섰다. 그러나 우주선은 사람들만 없는 게 아니라, 아무 장비도 없었다. 그는 위쪽을 흘끗 보고 나서 자신이 150미터 위로 우주선의 뱃머리에 현창들을 보고 있다는 걸 깨달았다. 두 줄기 오싹한 햇빛이 그 창들을 통해 들어와 선체 내부를 희미하게 비추고 있었다. 우주선은 사람도 장비도 갑판도 없었다. 단지 선체뿐이었다.

알랜은 사냥개 호로 서둘러 돌아가 간결하게 보고했다.

조슬린이 말했다.

"헤일, 열다섯 명을 데려가서 갑문을 조사해 보게. 문들이 잠겨 있다면, 공공연한 움직임을 만들지 말고 눈에 띄는 어떤 사람이라도 불러서 공항을 개방해 달라고 요구하게."

헤일이 씩 웃었다. 그는 가마솥만큼이나 거대한 전투 헬멧을 잡아당겨 내리고, 넓은 허리둘레에다 휴대용 무기들이 달린 가죽끈의 죔쇠를 죄고, 입에다 담배를 찔러넣고 불을 붙였다. 알랜은 헤일의 과장된 태평함과 낯선 미소에 놀랐다. 헤일이 말했다.

"안녕히, 선장! 자네 점수를 높이라고, 알랜."

그리고 그는 사다리 아래로 내려가 버렸다.

잠시 후 그가 차출자들을 모았다가 산개하는 것이 보였다. 그리고 나서 헤일은 공항의 드넓은 평지를 가로질러 주갑문 쪽으로 행진했고, 그의 부하들은 손에 무기를 쥔 채 그의 양쪽으로 멀리 퍼져 있었다.

그 무리는 멀어지면서 점점 작아졌다. 흩어져 있던 선원들이 주출입구에 가까워지면서 약간 좁혀들었다. 조슬린은 기침을 참고 함교 갑판의 포병대원에게 빈틈없이 지켜보라는 주의를 보냈다.

그러나 포병대원이 조준할 기회조차 없었다.

오랜 계획과 많은 훈련을 의미하는 순발력, 엄청난 파괴력을 지닌 폭발물에서 뿜어나오는 화염과 함께, 땅이 헤일네 무리의 바로 발아래서 두 동강 나버렸다. 그리고 갑문들을 통해 선명한 주황색의 기다란 혓바닥 같은 것들이 나왔다.

연기는 빽빽했지만 그 앞으로 헤일이 튀어나오며 대원들에게 오라고 무기를 흔들었다. 세 명이 간신히 일어나 포효하는 전쟁의 울부짖음을 뒤따르려고 애썼다. 그런 후에 갑문들이 또다시 불길을 뿜어 사람들에게 덤벼들며 쓰러뜨렸다. 헤일이 멈춰 섰다. 그는 비틀거리며 거의 반은 찢겨나간 상태로 돌아섰다. 그는 우주선에 눈길을 못 박고 그의 거대한 무기를 반쯤 들어 올렸다. 다시 한 번 갑문이 화염을 내뿜었고 헤일은 묵직하게 땅바닥으로 쓰러졌으며 그의 나머지 대원들도 죽음을 맞이했다.

알랜은 분노가 폭발할 지경이 되어 함교의 포병대원을 그 자리에서 죽일 뻔했다. 그러나 이성이 그를 잡아끌었고 그는 헤일네가 갑문으로 다가간 것이 함교에서 포를 쏘아야 할 만큼 그렇게 철저한 공격을 허락하는 일이 아님을 알고 있었다.

조슬린의 얼음처럼 감정 없는 목소리가 그곳의 정적을 갈랐다.

"터너, 연막탄을 장전해라. 연기를 쏴. 스누저, 모두에게 알려라. 연막탄이다."

그리고 함교의 포대가 연막탄을 연달아 쏘아대며 그르렁거렸고, 반

동 때문에 덜커덩덜커덩 동요했다. 우주선 내의 다른 곳에서는 또 다른 총들이 우레 같은 합창으로 울부짖었다.

그러고 나서 그들은 멈췄다.

25평방킬로미터 지역이 표류하지만 꿰뚫을 수 없는 연기로 두껍게 뒤덮였다.

"컴퓨터 영상으로 쏴!"

조슬린이 잘라 말했다. 함교 포병대원은 그의 메모리 플레이트의 스위치를 켜고 갑문을 향해 집중 사격을 가하기 시작했고, 이제 한 치 앞을 제외하곤 사방이 분간하기 어려웠다.

"G19로 집중 포격!"

조슬린이 말했다. 그리고 스누저가 우주선 회로에다 전했다.

"저 우주선을 봉쇄해!"

조슬린이 말했다.

잠시 뒤 연쇄 발포 때문에 선체가 떨렸고 그들은 연기 속으로 탄약을 퍼부었다. 그 연기는 최소한 앞으로 며칠간, 사냥개 호를 찾아낼지도 모를 탐지기를 무력화했다.

"RG(역류 가스로 구토 증세를 일으킨다 : 옮긴이)로 집중 포격해라."

조슬린이 말했다.

"RG로 집중 포격!"

스누저가 말했다. 그리고 다른 갑판에 있는 포대가 진동하면서 역류 가스를 앞으로 난사했고 가스는 연기 입자들에 달라붙었다.

이 우주선은 상업용 우주선으로 사용되어 왔다. 그들은 우주에서라면 더 잘 싸웠을 것이다. 우주선은 오래되고 낡아빠졌으며 그들의 기술은 적들에게 셀 수 없이 오래전의 것이었다. 그러나 우주선은 불을 뿜으며 스스로를 방어하기 위해 애썼다. 그리고 듀스는 이륙 연료가 다 떨어진 빈 관들을 치를 떨며 노려보았다.

알랜은 이미 헬멧을 내려놓고 자기 총에 시선을 주었다.

"전투 부대는 우주 장비를 완전히 갖추고 우현 지상 갑문 옆에 대기하라."

조슬린이 말했다.

"전투 부대는 우주 장비를 완전히 갖추고 우현 지상 갑문 옆에 대기하라."

스누저가 되풀이했다.

알랜은 재빨리 조슬린 쪽으로 돌아섰다. 우주에 주둔한 부대들도 이미 다른 전투들에 돌입해 있었다. 그래서 제2전투 부대의 지휘는 남아 있는 항해사에게 맡겨질 터였다.

"어디로 가려는 건가, 알랜?"

조슬린이 말했다. 그는 루크의 두 손에서 자신의 우주복을 받아 들었다. 그가 우주복을 입자 옷 스치는 소리가 났다. 그는 헬멧을 자리에다 고정시키고 목깃에 붙어 있는 음성 확성 스위치를 잠시 제로로 돌렸다.

알랜은 그 말에 조슬린이 늘 그에게 보여왔던 멸시를 알아채고 맥이 빠졌다.

"알랜, 나는 자네에게 우주선의 책임을 맡기고 떠나네. 나에게 무슨 일이 일어나든 상관없이, 자네는 남아 있는 승무원들과 이 배를 포기하지 말고 우주선의 포문에서 우주선을 방어하기 위해 할 수 있는 일을 다해야 해. 자네는 내가 실패하면 이 우주선을 싸게는 팔아넘기지

194

않을 만큼 이것들에 대해서 충분히 알고 있어."

그는 기침을 터뜨렸고 루크의 두 눈은 근심으로 둥그레졌다.

"자네는 젊고 충동적이고 극복해야 할 많은 결점들이 있지. 명백하고 피할 수 없는 이유가 아니라면 돈키호테 같은 어리석음에 이끌려 이 우주선과 그 안에 남아 있는 여자들, 아이들, 승무원들을 위험에 빠뜨리지 말게. 나는 돌아올 거야, 분명히. 명심하라고."

그는 엄하게 덧붙였다.

헬멧을 다시 단단히 쓰고 알랜은 돌아섰다. 그의 뒤에서 루크가 조슬린의 우주복에 있는 죔쇠들을 바로잡는 소리가 들렸다. 그렇게 따돌림을 당하는 것은 쓰라렸다. 모든 상관들이 없기 때문에 '책임을 맡는 것'은 원하는 게 아니었다. 그는 전에도 여러 번 '책임'을 맡았다. 하지만 그것은 하나의 관례, 그 이상은 아니었다. 그는 분명히 이 임무를 맡을 만큼 충분한 신뢰를 받고 있지 못했다. 그렇지만 조니스 랜딩의 실수 이후로 두 차례에 걸쳐 알랜은 자신의 능력을 입증했고 전장에서는 성공적으로 돌아왔다.

지상에 내린 군 장비가 굴러가면서 저 아래 어딘가에서 덜거덕거리는 소리가 났다. 먼 옛날의 장비지만 작동이 가능했고 도움이 될 것이다. 알랜은 조슬린이 무엇을 하려는지 알았다. 모든 포격과 의도가 딴 곳에 있는 척하면서 예상치 못한 지점을 강타하여, 배후로 사람들을 데려가 포위한 채, 몇 명만 보내어 급습한 후 중요 책임자나 관리들을 떼어내는 것이다. 그리고 필요한 공급품과 바꿀 인질들을 잡는 것이다. 오랫동안 반복해 온 케케묵은 방법이지만 대개는 효과가 있었다.

"상사님."

그 착륙 작전에서 함교의 통신 담당인 얼머가 말했다.

"잠깐 달려 내려가서 조에게 작별 인사를 해도 되겠습니까?"

"자네 위치에 있게!"

알랜이 말했다. 그리고 자신의 총을 권총집에다 확 쑤셔넣었다.

잠시 뒤에 그는 후회했다. 지상 부대원 중에 죽어나가는 이들이 있을 터였다. 그는 거의 마음이 약해졌지만 돌아서다가 멈춰서 사람 없는 함교 대포 쪽으로 걸어갔다. 메모리 플레이트는 여전히 갑문의 영상으로 희미하게 빛났으나 그 문은 확실히 더 이상 거기에 없었다. 그는 탐지기들과 마주했다. 조작자는 첫 번째 지상 부대의 일원으로 가버렸고, 이제는 죽었다. 그의 대체자는 조슬린과 함께 가버렸다. 그러나 알랜은 지난 여행에 들어설 때 이것들을 새롭게 재설치했다.

그는 광선들을 일정한 방향으로 향하게 하여, 이제는 완전히 출입구들을 희미하게, 심지어 뒤덮어 버린 소용돌이치는 짙은 연기 사이로 마침내 길을 밝혔다. 그리고 나서 그는 영상을 얻기 위해 파장을 맞출 방법을 찾았다. 그러나 보호 장벽이 너무나 튼튼했다. 그 스크린들 위에는 흐릿한 모습조차 없었다.

초조하게 그는 통신기 선반으로 갔다. 거기에 느림보의 셀 수 없이 많은 술병들 자국으로 동그란 무늬들이 그려져 있었다. 그는 느림보를 떠올렸다.

"느림보에게 알려."

알랜이 스누저에게 말했다.

"아직 우주선 위에 있는 사람 숫자를 세어달라고."

스누저는 사다리 아래로 미끄러져 내려갔다.

알랜은 바깥쪽의 총포 소리를 들어보려고 집중해서 귀를 기울였다. 이렇게 봉쇄되고 방음 처리된 선체를 통해 소리를 듣는 것은 어렵겠지만 불가능하지는 않았다. 그러나 아무런 총포 소리도 들리지 않았다. 연기와 그것의 구성 성분들이 두 번째 지상 부대와 시야와 소리를 삼켜버렸다.

느림보가 사다리 위로 어색하게 올라왔다.

"다했네, 알랜. 우리는 늙은이 다섯 명, 기술자와 전문가 마흔 명, 여자 예순여덟 명, 아이들 서른한 명과 자네 그리고 나 이렇게만 남았어. 하지만 내 생각에 아이들 몇은 좀 너무 어려서 총을 쏘지 못할 것 같군. 내가 어느 꼬맹이더러 적당한 비상 위치를 알려주려고 했더니 뒤에서 '꿀꺽꿀꺽' 소리를 내더라고. 입에다 우유를 잔뜩 넣고서 말일세."

"병기고를 부수어 열고 무기들을 지급해요."

알랜이 말했다.

"사람들에게 알리시오. 모든 사람들은 마스크를 쓰고 전투 장비를 완전히 갖추고 감마선 방지 우주복을 입으라고요. '모든 사람들'에게라고 했어요. 저 연기는 치명적이에요."

"이 주변은 모두 치명적인 거 아닌가, 응? 글쎄, 나한테 독한 술을 주면 가는 길에 비틀거리겠지. 하지만 저들은 우리를 순식간에 해치울 거라고. 자네 알겠나? 저들이 고성능의 뭔가로 우리를 동정하기 시작하면 말이야."

"저 연기는 뜨거워지기 때문에 저들이 텔레파시 기계를 갖고 있지 않은 이상 저들의 탐지기로는 우리의 위치를 모른단 말이에요!"

알랜이 날카롭게 말했다.

"그리고 저들은 이 우주선으로부터 뭔가를 강탈하기 위해 우주선을 원하고 있어요. 그들이 이 방향으로는 쏘지 않을 거란 말이죠! 그러니 처량한 소리 좀 작작 늘어놓으세요!'

느림보는 어깨를 으쓱하고는, 스스로 작은 잔으로 위스키를 따라 마신 다음에 어색하게 밑으로 내려갔다. 초조하게 알랜은 총포 소리에 귀를 기울였다. 그가 알기로, 아직까지 발포 소리는 없었다. 그는 거기서 제외된 느낌이었다. 이 모든 싸움에서 가장 안전한 곳은 여기였다. 조슬린은 그를 완전히 믿지 않았다. 그러나 심각한 비상사태라 만일 두 번째 지상 병력이 실패하면 그들은 모든 것을 잃게 된다.

이 장막을 없애는 데에는 꽤 많은 시간이 들지도 모른다는 예감이 언뜻 스쳤다. 그래서 그는 먼 사정거리에 있는 도시 쪽으로 총포를 날려 전환의 기회를 만들어보면 어떨지 궁금했다. 그러나 그건 안 될 것 같았다. 그것은 더 많은 공격자들을 이리로 끌어와 필사적으로 이 우주선을 파괴하게 만들 것이다. 상황이 호전될 때까지 기다려야 한다.

"한 사람을 바깥에 세워요."

그는 느림보가 돌아오자 말했다.

"그의 귀를 이용했으면 합니다. 아마도 우리는 알 수 있을 거예요. 그에게 전화기를 줘요."

"저것이 우리를 발견하지 않을까, 친구?'

"그건 가장 걱정할 필요가 없는 일이에요. 사람을 세워요."

"자네가 그렇게 말한다면야."

느림보는 어깨를 으쓱하고 나서 사명을 띠고 어색한 걸음으로 가버렸다.

알랜은 걱정스럽게 스카프를 비틀다가, 자기가 뭘 하고 있는지 깨닫고는 바로 멈췄다. 기다림은 가혹했다.

TO THE STARS

머 나 먼 우 주 에 서 펼 쳐 지 는 시 공 을 초 월 한 모 험 기

제17장

커져가는 초조함을 누그러뜨리기 위해 알랜은 이륙 가능성에 대해 정신을 집중했다. 그러나 거기에는 아무런 답이 없었다. 입자 드라이브를 사용하는 우주선은 지상에 근접하여 궤도 수정을 하려면 무(無)복사에너지 연료를 사용해야 했다. 그들은 자신들을 우주로 데려가기에 충분할 정도인 고성능 드라이브를 갖고 있었다. 그것은 현명하게도 언젠가 지구가 더 이상 스스로 또는 자매 행성으로부터 연료를 공급해 주지 못할 때를 대비해 준비해 놓은 수단이었다. 반면에 그들의 알파량(이륙할 때 쓰이는 연료인 알파 연료의 재고량을 가리킨다. 알파 입자란 일정한 방사성 물질에 의해 방출된 양전기를 띤 입자를

말한다 : 옮긴이)은 바닥났다. 심지어 그들의 마지막 착륙도 마지막 다인(힘의 크기의 단위. 질량 1그램의 물체에 작용하여 1초 동안에 1센티미터의 가속도를 내는 힘이다 : 옮긴이)을 보존하는 것은 제쳐두고 노킹을 일으켰다. 높이 이륙하는 것은 생각조차 할 수 없었다. 그들의 주동력을 지구와 이렇게 가까이에서 일으킨다면, 초속(初速) 제로에서 간단하게 갈기갈기 폭파되고 말 것이다. 지구 표면을 60킬로미터 이상의 깊이로 깎아내 버리고 우주선의 작은 파편들과 인간들을 용암 속에 익사시킬 것은 말할 필요도 없다.

그는 종종 망꾼에게서 보고를 요구했다. 단발적으로 몇 분씩 도시 쪽을 향하여 총포가 지직거렸지만 조슬린이 뭔가와 접전을 벌이고 있다는 확실한 소식 말고는 무슨 일이 일어나고 있는지 판단하기 불가능했다.

알랜은 여기에 서서 할 일 없이 갇혀 있다는 것과 동료 선원들은 저 바깥에서 높은 승률로 전쟁을 벌이고 있다는 생각에 약이 올랐다. 그러나 만약 조슬린이 진다면 어떤 상황이 벌어질 것인가?

승무원들은 무슨 일이 일어날지 예상하고 있었고 아마도 나머지 사람들도 짐작할 수 있을 것이다. 만일 이 도시가 생존자들을 죄수로 데려간다 해도 사냥개 호의 사람들은 궁지에 빠질 것이다. 왜냐하면 그들의 우주선이 이도 저도 못하게 될 터이고 그들은, 그들 모두는 수천 년이나 지구인들과 위상이 달랐기 때문이다.

마침내 알랜은 전령을 보내어 발포 소리가 나는 곳을 더듬어 찾아가게 했다. 하지만 전령은 얼마 못 가 그가 놓아두었던 끈을 따라 되돌아왔는데, 조슬린 부대 소속의 상처 입은 한 사람을 부축해 데려왔다.

그 사내의 상태는 무시무시하게 심각했다. 그의 우주복은 어떤 태우는 탄환으로 인해 열려 있었고, 오른팔은 거의 불살라져 없었으며, 폐는 역류 가스와 연기로 가득했다. 알랜은 맹렬한 속도로 사다리를 타고 내려가 사람들이 그를 데려다 놓은 병실로 갔다. 그 사내는 탐지기 기술자였다.

스트레인지와 그의 조수가 동맥에서 뿜어나오는 피를 멈추고 있을 때 알랜이 들어서며 말했다.

"그에게 전동기를 달고 폐에서 연기를 빼내요! 나는 그와 이야기해야 합니다."

"정말로 끔찍한 몰골이야. 신경소모제를 좀 주는 게 낫겠어."

스트레인지가 말했다.

"안 돼요. 그는 말해야 합니다. 그가 지닌 정보가 더 중요해요."

"그렇게 하면 죽을지도 몰라."

"그 정보를 모르면 이 배를 죽일지도 모른다고요! 내 말대로 하시오!"

알랜이 말했다.

스트레인지는 한숨을 쉬고 우주복이 유독한 공기를 지닌 행성에서 샜을 때 사용하는 장치의 관들을 잡아당겼다. 기술자는 그것을 몸에 붙이고 이내 각성 주사의 자극 아래 몸부림치기 시작했고, 말할 준비가 되었다.

알랜이 집요하게 물어보자 그는 마침내 대답했다.

"잃어버렸어요……. 부대는 도시로…… 나는…… 그중의 하나였어요. 선장이 꼼짝 못하게 만들었죠……. 수천 명을…… 제복도 없고……, 이상한 무기들을 가졌고……."

"이 사람을 재워요."

알랜이 말했다.

그는 주먹으로 손바닥을 몇 번이나 치며 인상을 쓰고 괴로워하면서 사다리를 타고 올라갔다. 그러다 갑자기 그는 돌아서서 왔던 방향으로 갔다. 그리고 병실을 지나 기술 구획실로 뛰어들었다.

듀스가 거기 있었고, 선체를 통해 희미하게 들리는 먼 곳의 총소리에 귀를 바짝 긴장하고 있었다.

"당신 도구를 챙겨요. 당신의 부하 모두, 완전 복장을 하고 날 따르시오!"

"무슨 일이지?"

듀스가 말했다.

"조슬린이 막혔어요. 아마도 그에게 맞서는 고성능 무기들 때문인 것 같소. 우리는 빨리 일해야 합니다."

"지원병인가?"

듀스가 말했다.

"나를 따라와요!"

알랜이 말했다.

스누저는 그의 바로 뒤에 있었다. 알랜은 그녀가 얼마나 바짝 붙어 있는지 전에는 눈치 채지 못했다.

"모두에게 알려. 모든 선원은 우주 장비를 완전히 갖추고 바깥으로 나오라고."

그녀는 화살처럼 날아갔고 바로 뒤 알랜은 뒷갑문 옆에 서서 바깥에 연기의 소용돌이 속에서 모여들고 있는 선원들의 귀신 같은 형상을 지켜보았다. 남은 사람은 많지 않았다. 대부분은 여자들이었는데,

몇 명은 아기들을 데리고 있었고 모두 무기를 지니고 있었다.

"우리는 머물러 있어야 할 것 같은데."

느림보가 말을 꺼냈다.

"듀스."

알랜이 말했다.

"당신 부하들을 고물로 데려가요. 일이나 수송에 필요할 만한 다른 누구라도 더 데려가시오. 고성능 드라이브와 그것의 짐들을 분해해 놔요."

"뭘 하라고?"

연기 속에 희미한 유령처럼 듀스가 말했다.

"들은 대로 해요."

알랜이 말했다.

듀스는 당황해하며 몇몇 이름을 호출해 사라졌다. 알랜은 이제 우주선 위에 두 명의 병자와 그들을 돌볼 보조원만 빼고 아무도 없다는 것을 확인한 후에 우주선 주변으로부터 나머지 사람들을 물렸다.

알랜은 여우 눈 빌에게 운송용 통신기를 줘서 우주선 근처에다 세워놓았고, 이미 두 살배기 아이 때문에 버거운 얼머에게 그 통신기의 짝을 주었다. 알랜이 빌에게 말했다.

"넌 기다려라. 조슬린이나 어떤 생존자라도 돌아오거든, 그들에게 북쪽으로 돌아서 이 위의 언덕 동쪽 면을 오르라고 길을 가르쳐 줘라. 너 그게 오는 걸 봤지? 도시는 주로 서쪽에 놓여 있어. 그 동쪽이 험한 지대야. 누구에게라도 동쪽 경사면으로 해서 꼭대기로 올라가라고 하고 무슨 일이 있어도 서쪽에서부터 언덕으로 접근하면 안 된다고 말해. 안 그러면 그들은 총을 맞을 거야."

"알았어요."

빌이 말했다.

알랜은 연기를 헤치고 드라이브에 붙어 일하고 있는 기술자들을 더 듬어 찾아가 힘을 실어주었다. 한창 비행 중에 드라이브를 바꾸는 오랜 기간의 연습으로 인해, 그들은 7분 만에 그것을 해체했다. 그리고 운반할 수 있도록 주위에다 밧줄을 감았다.

빌을 최종으로 확인하고, 알랜은 나침반에 의지하여 그들을 데리고 갔다. 무리의 절반은 드라이브를 옮기는 데 매달려 있었고, 나머지는 측면 방위병과 후위로 흩어져 있었다. 알랜과 두 명의 기술자가 횃불을 나눠 들고 앞장섰다.

"우리가 저 언덕을 오를 수 있는지 어떻게 알지?"

듀스가 알랜 뒤에서 숨차했다.

"그리고 그게 거기 있는지는 어떻게 알았나?"

"측량 훈련을 받은 사람은 누구라도 지형을 눈치 채요."

알랜이 말했다.

"그리고 나침반 방향들도. 이제 되도록 조용히 하고 가까이 붙어 있으라고 모두에게 알려요."

그들이 짙은 연기 때문에 거의 충돌할 뻔하면서 북쪽의 금속 울타리에 이르렀을 때, 알랜은 횃불을 놓아 30미터 정도의 지역을 태워버렸다. 그는 여기를 통해 정찰조를 보냈고 본 무리를 불러 올렸다.

그들은 희미하게 보이는 주거 지역을 통과했고 길에서 토하며 괴로워하는 마스크를 쓰지 않은 사람들을 두어 번 지나쳤다. 그것은 그들 모두에게 아주 기운을 북돋우는 광경이었다.

연기를 헤치고 길을 재촉하며 그들은 둔덕에 이르렀다. 그곳은 경사가 심해서 여기서 모두 드라이브를 감은 밧줄에 의지해야 했다. 드라이브는 대개 기중기를 이용해 항해 중인 무중력 상태에서 다루었기 때문에, 이렇게 깎아지른 듯한 오르막에서는 쉬운 문제가 아니었다.

그렇게 혼신을 다한 끝에 그들은 모두 함께 정면으로 어느 요새에 이르렀다. 선두에서 느림보가 날래게 총을 쏘고 문에다 수류탄을 던졌다. 방해받지 않고 그들은 계속 올라갔다.

숨을 몰아쉬고 씨근거리며 그들은 마침내 그 봉우리의 등성이에 도달했고 드라이브를 이동하기가 쉬워졌다.

"자네가 뭘 하려는 건지 알았으면 좋겠는데."

듀스가 투덜거렸다.

"거들어줘요."

알랜이 말했다.

그들은 60미터 아래 중턱의 저택으로 들어갔다. 그 집은 어느 부유한 사람이 일시적인 변덕으로 여기에 세운 것 같았다. 깎아지른 듯하지만 전망이 다 내려다보이게끔 언덕에 매달려 있었다. 거기서부터 사설 선로인 무한궤도가 밑으로 이어졌다.

두 명의 하인이 있었는데, 그들은 연기로 인한 괴로움으로 지칠 대로 지친 상태에서 유리를 두른 베란다의 판자를 긁어대고 있었다. 알랜은 여분의 마스크를 남자에게 씌우라고 분명하게 지시했다. 여자는 내버려두었다.

운반용 삽을 정원에다 박아넣어 드라이브를 심고, 알랜이 만족할 때까지 튀어나온 부분의 각도를 맞췄다. 기술적인 부문과 친하지 않은 사람들은 거기에 방사능이 있지 않을까 의심하며 그 일을 피할 수 있는 것에 반가워했다. 아무도 그들의 우주복이 화상을 막아줄 거라 완전히 믿지 않았으며, 이렇게 가까이에서 일할 때 관례상으로 맞는 스트레인지의 혈청 주사가 감마선을 막아줄 거라고도 믿지 않았다.

물러나 있는 다른 사람들과 함께, 알랜과 듀스는 조절판과 점화기를 설치했고 엔진은 낯선 환경에서 본래의 의무를 다할 준비를 마쳤다.

알랜은 집으로 들어가 남자 하인에게 질문을 시도했지만, 그자는 너무나 겁에 질려 말을 못했고 자극제가 든 주사를 놓아주니 너무나 지쳐서 잠자는 것 말고는 아무것도 하지 못했다. 알랜은 자신이 해야 할 일의 사소한 장애물들에 넌더리를 냈다. 알랜은 그곳을 온통 뒤져서 겨우 전화기를 찾았다. 그는 벽 스크린이 비디오일 거라 짐작하고는 그게 뭔지 보지도 않고 몇 번이나 지나쳤던 것이다. 그러고 나서 그는 원하는 것을, 그 도시의 색인 책을 찾았다. 그가 찾아내기로, 마스크의 안면판을 통해 곁눈질로 보이고 그 낯선 처방에 연기를 피워 올리는 도시는 이름이 세인트데니스톤인 듯했고 주요 교환소는 덴버였다. 그러고 나서 그는 안도의 한숨을 쉬었고 사고와 이해를 위해 머릿속에 약간 더 맑은 공기를 넣어주었다.

책의 뒤에는 장거리 전화를 할 때 사용하는 교환소 지도가 있었고 그 뒤에는 중심 지역의 또 다른 지도가 있었다. 그 인쇄물을 읽기는 어려웠지만, 색인 자체를 바탕으로 확인하여 자신이 알고자 하는 것을 찾아냈다. 그들은 '제3소유지'의 중심지에 착륙한 것이고 그 책 속에 '컨사운덜런' 이라는 이름이 자주 등장하는 것으로 보아 그것이 어떤 세도가라고 그는 결론지었다. 그는 찾아낸 것을 바구니에 가득 차 있는, 신문으로 판명된 테이프들과 비교 검토하고 나서 자신이 옳다는 것을 알았다. 그는 그 책에서 한 쪽을 찢어내어 드라이브 쪽으로 갔다.

거기서 약간 더 이동한 다음에 알랜은 사람들을 모두 언덕 위의 꼭대기로 보냈다. 듀스와 스누저는 함께 있도록 하고서 그는 조절판의 전선을 언덕 아래 오른쪽으로 풀어 내렸고 마침내 그들은 첫 번째에서 400미터쯤 떨어져 있는 또 다른 거주지를 찾아냈다.

여기에 다른 시종들이 있었는데, 모두 병들었고 자신의 피로에 너무나 깊이 빠져 그들에게 흥미를 보이지도 않았다. 그 저택에 '상류계급'은 없었지만 커다란 벽 스크린이 있었다. 듀스가 잠시 동안 그것을 만지다가 그 옆의 좌석에 앉으니 스크린에 불이 들어왔다.

한 여자가 그 스크린 위에서 삼차원의 존재로 빛을 발했다. 예쁘고, 백인에다 별로 걸친 게 없었다.

"제1사령부를 대주시오."

알랜이 말했다.

그녀는 그가 하는 소리가 무슨 뜻인지 이해하려고 애쓰며 인상을 썼고 다시 한 번 말해 달라고 했다.

"하! 저게 지금의 언어라면, 기나긴 항해 중에 있는 게 반갑군!"

듀스가 말했다.

알랜은 찢어진 색인을 들어 올리고 숫자를 가리켰다. 스크린이 흐릿해졌고, 기다리는 동안 예쁜 영상이 나타났으며 잠시 후에 어떤 사무실이 나타났다. 교환수나 이 사무실은 둘 다 낡은 사냥개 호가 던진 어떤 연기의 휘장에서도 벗어나 있는 게 분명했다. 화면에 나타난 군 부관의

사근사근한 낮은 천하태평이었다. 알랜은 그를 올려다보며 말했다.

"여기는 하늘의 사냥개 호다. 나는 일등 항해사 알랜 코다이다."

"뭐라고?"

하급자를 대하는 투로 그 부관은 말했다.

"뭐라고 했나?"

알랜은 우주어로 말했고 부관은 마침내 그 사실을 약간 놀라워하며 이해했다. 그는 일어나서 또 다른 관리를 불렀고 해군 제복을 입은 남자가 들어왔는데, 해군 부관이었다.

"여기는 하늘의 사냥개 호요."

알랜이 말했다.

"정말인가?"

해군 부관이 말했다.

"그리고 그게 어쨌단 말이지?"

"기나긴 항해에서 온 우주선이오."

알랜이 말했다.

그 부관은 긴장했다가 빙그레 웃으며 느긋해졌다.

"당신이 전화를 가진 줄은 몰랐는데. 흥미로운 유혹일세, 안 그렇소? 당신이 약간의 곤경에 빠져 있다는 것을 알고 있소. 당신네 화물이 뭔지 말해 주는 게 어떻겠나. 저 늙은이는 입항 금지 이후로 화물에 관심이 많거든."

"나는 당신이 우리들의 화물에 특별히 관심 있을 거라 생각지 않소."

알랜이 말했다.

"당신이 그것을 사려고 하는 방식은, 너무 비싼 방식이 될 테니까."

"출입문에 있던 친구들을 말하나 보군."

부관이 말했다.

"나는 당신들이 이삼 년 정도 가 있었기에 착륙하는 게 범죄라는 것을 모를 줄로 짐작하오. 착륙하면 당신네 화물은 모두 압수야. 당신은 지금 항복해야 하고, 당연히."

"나는 5분 내에 당신의 건방진 풋내기들을 물리라고 전화하고 있는 거요."

알랜이 말했다.

"허?"

"그러지 않는다면, 도심을 잃어버리게 될 거요."

"오, 정말로?"

아랫사람들에게 이야기하며 웃고 있는 부관들과 함께 해군 부관이 말했다.

"당신에게 증명하기가 좀 망설여지는데."

알랜이 말했다.

"당신은 몇천 명의 시민을 잃어버릴 테니까."

"내 장담하지."

해군 부관이 말했다.

"서민들 중에서 그만큼의 숫자를 없앤다면 그건 하느님의 선물일걸."

"당신 자신이 그 속에 포함되더라도?"

"웬 허풍은. 흠, 그것 때문에 당신이 존경스러워지는걸. 이제 항복하고 싶다면, 우주 공항 밖으로 당신네를 안전하게 인도할 거요."

"2분 내로 이 도심을 내주지 않는다면, 당신은 우리 시위에서 날아

간 총알을 잔뜩 안게 될걸!'

"정말로!"

"정말이지! 2분을 철회해야겠군. 나는 한 번 쏘고 나서 돌아올 거요. 열 번 사격이면 세인트데니스톤은 사라질걸."

"디니스톤."

해군 부관은 그렇게 말했다.

"나는……."

알랜은 듀스더러 스위치를 끌어오게 했다. 그들은 스위치 선을 지하실로 풀어넣고, 400미터 떨어진 곳에 있는 드라이브에서 가까운 쪽 벽에다 자신들의 몸을 묶었다. 그리고 그들은 스위치를 눌렀다.

땅이 우르릉거렸다.

알랜이 스위치에서 손을 뗐다.

그들은 몇 초간 기다렸다가 우주복을 확인하고서 일층으로 되돌아갔다. 저택의 한쪽 벽이 날아갔지만 전화기는 작동했다.

"제1사령부."

알랜이 말하고서 찢어진 색인 페이지를 가리켰다.

교환수 여자는 부들부들 떨고 있었고, 자기 자리를 지키고 있기는 해도 뒤를 흘끗거리며 완전히 집중하지 못했다.

"제1사령부를 대라!"

이번에는 아무런 예쁜 영상도 없었다. 여자는 플러그를 꼽고 교환대 너머로 맥없이 쓰러졌다.

해군 부관은 여전히 거기에 있었으나 사무실 분위기는 완전히 바뀌었다. 그림들이 벽에서 떨어져 내렸고 먼지 안개가 일었으며 알랜이 서 있는 방의 연기와 뒤섞여 영상이 흔들렸다.

그 해군 부관이 뭐라고 하기도 전에 금빛 옷자락을 드리운 키 큰 사내가 돌진해 들어왔다. 그는 이해할 수 없는 소리들을 외쳐댔다.

"만약 그가 컨사운덜린이라면 그가 인질이라고 말해라."

알랜은 우주어로 말했다. 그리고 스위치를 들어 스크린 가까이에 대었고, 그래서 부관은 그것을 볼 수 있었으며 컨사운덜린도 그것을 볼 수 있었다.

"내가 다시 이것을 누르면, 또 다른 공격이 시작된다. 당신이 이것에 대해 아는지 모르겠지만 이것은 고성능 드라이브다. 도시의 또 다른 지역을 한 번 더 공격하면 당신의 사상자 수는 두 배가 될 것이다. 항복하겠는가?"

피해에 대하여 비명을 지르는 전화들과 혼선이 되는 바람에 방해를 받아 거기서는 알아들을 수 없는 말들로 회의가 이루어졌다.

알랜이 말했다.

"당신의 안전은 보장하겠다. 당신과 당신의 상관은 말이다, 귀하. 그러나 5분 내로 공항의 갑문에 나와 있지 않는다면, 그리고 즉각 모든 적대 행위를 중지하지 않는다면 또 다른 공격이 시작될 것이다."

컨사운덜린은 시뻘게진 낯을 스크린에다 들이대며 이 말의 통역을 들었다. 그리고 나서 갑자기, 컨사운덜린은 기운을 잃고 자신과 그의 약탈 부대를 연결해 주는 스위치로 손을 뻗었다.

알랜은 듀스에게 스위치를 쥐어주고 떠났고 스누저를 보내어 사람들을 모으라고 했다. 그리고 그 저택의 벽에서 얻은 사냥용 무기를 가지고 우주 공항을 향해 질주했다.

TO THE STARS

머나먼 우주에서 펼쳐지는 시공을 초월한 모험기

제18장

연기는 걷히고 있었다. 아무런 사격도 없었다. 그러나 이 가늘어지는 연무 사이로 사냥개 호는 볼 수 있었다. 그리고 우주선 주위에는 낯선 병사들이 있었고 배의 중앙부에 난 구멍에서 대포가 우주선을 겨냥하고 있었다.

알랜은 그에 대해 거의 신경 쓰지 않았다. 알랜은 우주선 사람들 중에 어떤 생존자라도 발견하려고 건물들을 따라 미친 듯이 찾아다녔고, 그들이 공항이 가동 중일 때는 운행 사무소로 사용되었던 두꺼운 벽의 건물로 향한 것이 보였다.

알랜은 무장한 채로 누워 있는 한 무리의 사람들을 보았고, 그들 역

214

시 그 건물 쪽을 향해 있었다. 그는 최소한 몇몇은 안쪽에 생존해 있을 거라 생각했다. 그는 다시 갑문으로 달려갔고 거기에 이르렀을 때 어느 거대한 구형체가 미끄러져 멈춰 섰다. 거기서 그 해군 부관과 세 명의 다른 신사들과 컨사운덜린이 내려왔다. 알랜은 시간을 허비하지 않았다.

분노로 흥분한 알랜은 그 비행체를 보내라고 몸짓하자, 그 비행체는 바로 돌려 보내졌다. 그러고 나서 그는 모든 군대를 그 지역에서 물릴 것을 지시했으며 즉각 해군 부관은 돌아와 그들이 갔음을 보고했다. 알랜은 군대가 거리 위로 행진해 가는 것을 보고 돌아서서 입술이 퍼래지도록 컨사운덜린을 향한 노여움으로 전율했다.

"나는 당신이 어떻게 권력을 얻고 무슨 저주 받을 사회를 다스리는지 알 수 없지만, 당신은 인류의 수치다. 그 말을 옮기려고 애쓰지 마라."

알랜이 부관에게 말했다.

"그들에게 옷을 벗으라고 명령해라."

이 말에 항의가 일었지만 오래 가지는 않았다. 이들은 지금 막 죽음으로 가득 찬 거리를 지나, 공황 상태에 빠진 군중들을 헤치고 나왔으며, 여전히 안에서 사람들이 죽어가고 있는 건물들의 잔해 위를 지나온 것이다.

알랜은 그들을 벽 쪽으로 가게 했다.

"당신들은 나의 인질들이다. 만약 내가 여기서 요구하는 것을 모두 얻는다면, 당신들은 되돌아가서 자유로워질 것이다. 만약 그렇지 못한다면, 당신들은 죽을 것이다. 간단하다. 그리고 내 말을 실행하는 것은 더 간단할 것이다."

컨사운덜린이 뭐라고 딱딱거리자 부관이 말했다.

"그는 당신이 악마라고 말했다. 당신이 전화하기 조금 전에 우리는 저 우주선을 공격하고 있었다. 그건 공평하지 않아. 당신은 당신의 우주선에서 쏘고 있지 않았다고! 교환대의 여자가 죽어서 우리는 당신이 어디 있는지 추적할 방법이 없었다. 이 무슨 유황불에 타 죽을 일이지?'

"유황보다 더 뜨거운 것이지!'

알랜이 말했다. 그는 그들이 저질러놓은 피해로 인해, 그들이 쏘아 죽인 사람들로 인해, 그들을 정말로 죽이고 싶었다. 그리고 이 모든 것이 화물을 빼앗기 위한 것이었다니 믿을 수가 없었다. 느림보가 왔다.

"이자들을 감시해요. 이들을 우주선으로 데려가 족쇄를 채우고, 밤이고 낮이고 이들이 여전히 살아 있는지 알고 싶어하는 사람들에게 보일 수 있도록 낮은 현창 앞에 세워둬요. 내 보아하니 여기에 이 왕인지 뭔지 하는 인간은 사람들에게 충분히 공포를 심어놓았고, 그래서 그가 상처 없이 풀려나면 공격할까 봐 사람들이 겁낼 겁니다. 왜냐하면 그의 복수가 그들을 쓰러뜨릴 테니까."

알랜은 여우 눈 빌에게로 돌아섰다.

빌은 우주선의 공격자들에게 저항하느라 온통 여기저기에 긁히고 멍들어 있었다.

"너는 명령들을 들었지. 모두에게 알려라. 이자들은 우리의 마지막 가능성으로서 산 채로 머물러 있을 거라고."

알랜은 죄수들을 경멸적으로 뒤돌아보고 나서 그 자리를 서둘러 떠나 운행 사무소로 갔다.

알랜은 멀리서부터 큰 소리를 질러 가며 사람들을 불렀다. 그 건물의 벽들은 이륙 할 때 충격에 저항하도록 설계되어 있어 그 소란 속에서도 묵묵히 남아 있었다. 그는 두 눈을 똑똑히 뜬 채, 산처럼 쌓인 죽은 자들의 시신을 넘어 걸어가며 낯설고 무시무시한 무기들을 발로 차버렸다.

건물 안은 조용했다. 거리에서 상처 입어 흐느끼는 소리 때문에 그 고요함은 더욱 강조되었다. 그가 총의 개머리판으로 문을 세게 치자 그 소리가 안쪽에서 힘없이 메아리쳤다.

그는 마치 무덤 앞에 서 있는 양 그곳의 압박감을 느끼며 기다렸다. 그는 자물쇠를 열려다가 뒤로 물러나서 그 구조물을 쳐다보았다. 그는 주변을 재빨리 돌아보고 나서 뒤로 걸어갔다. 여기에 하나의 문밖에 없는 빈 벽이 있었다. 문은 조금 열려 있었고 알랜은 그것을 밀었다.

그곳은 시체가 즐비했다.

죽은 이들은 각 위치에 한 명씩 벽을 따라 쓰러져 있었다. 다친 자들은 그 방의 가운데로 몸을 끌고 와 죽었다. 그리고 깨진 어느 창문 앞에서 유행에 뒤진 우주총을 여전히 정면을 향해 겨냥한 채, 조슬린 선장이 누워 있었다. 그의 얼굴은 죽음 속에 평온했다.

알랜은 그 어둠침침함 속으로 자꾸만 물러나려는 걸음을 뗐고, 무엇이 조슬린의 피 묻은 하얀 옷을 덮고 있는지 알았다. 그것은 결코 그곳에 있어선 안 될, 그 전투가 끝나고 나서도 충분히 뒤에 왔어야 할 사람이었다.

루크는 선장의 몸에 엇갈린 자세로 누워서 죽어 있었고, 작고 날카로운 칼이 그녀의 가슴속에 깊숙이 박혀 있었다.

TO THE STARS

머나먼 우주에서 펼쳐지는 시공을 초월한 모험기

제19장

우주선은 일하는 사람들과, 도시인들과 승무원들의 정력으로 와글거렸다. 토치램프의 높고 새된 우지직 소리가 망치의 쿵 하는 소리와 고문당하는 드릴의 불평에 섞여들었다. 파괴된 곳은 듀스의 지도 아래 임시 복구되고 있었고, 오래된 창고와 설비들은 비상용품이나 대체품들을 찾느라 샅샅이 파헤쳐졌다. 그러나 무기들 말고 이 사회에 새로운 것은 별로 없었다.

알랜은 조슬린의 선실 근처에는 가지 않았다. 자신들은 그날 아침, 별들이 내려다볼 수 있는 어느 언덕에 그들의 선장을 묻었고, 그 옆에 선장의 정부와 죽은 이들을 묻었다. 그리고 선원들에게 스며든 무거운 슬픔은 이 맹렬한 작업에 자극을 주었다.

알랜의 승계에 관해서는 아무런 이의도 없었고 어떤 다툼도 없었다. 그들이 안 순간부터, 선원들 중에 남아 있는 모든 남자들과, 여자들, 아이들이 그에게 모든 예를 다했다. 첫 번째로는 그에 대한 치솟는 존경 때문이고, 두 번째는 아무도 그와 견줄 사람이 없었기 때문이다. 그리하여 그는 이제, 무겁게, 한때 아득히 멀고 잊혀진 어느 시절 어떤 장군이 명령을 내렸던 선실들로 갔다.

그는 그의 앞으로 보내진 편지 한 통이 책상 위에 있는 것을 보고 약간 놀랐다. 그것은 압지 한 귀퉁이 속에 들어 있었고 그 위에는 '내가 죽을 경우, 알랜 코다이에게' 라고 갈겨 씌어져 있었다.

섬뜩했다. 우주선 날짜에 따르면 최근의 사건이 있기 수주일 전에 씌어진 것이었다. 그것은 조슬린이 여전히 그에게 호통치고 무시하던 때 씌어진 것이다.

그는 선장에게 혼날 때 종종 서 있던 자리에 서서 편지를 뜯고 읽었다.

하늘의 사냥개 호
우주선년 55, 1025번째 망보기.

알랜 코다이
과거 뉴시카고의 한때 귀족이자 기술 검사관에게

친애하는 알랜에게
자네가 이 글을 읽고 있는 상황에 대해서는 많은 이야기를 하지 못하겠네. 그것들은 스트레인지 박사의 말에 따르면, 내가 그러고 싶었던 것보다 더 가까워지고 있는 신의 손에 대부분 달려 있으니. 자네가 이제 나를 묻고 내 물품들을 보기 위해 여기 왔다는 것으로 만족해야지. 변변치 못한 것들이지만 이제 모두 자네 것일세. 허영과 기억과, 일찍이 태양계 수비군의 선장이었던 듀어드 헨리 조슬린의 남아 있는 모든 잡동사니가 말이지.

알랜, 내가 다른 누구에게 해야 했던 것보다 훨씬 많이 자네의 용서를 구하는 바일세. 그 술집에 자네가 나에게로 온 날, 나는 자네를 속였어. 그래야 했어. 그리고 내가 헤일에게 말리는 순간조차 내 손짓은 그에게 어떤 희생을 치르고서라도 자네를 데리고 가라고 말하고 있었지. 그것은 그 오랜 항행의 세월 동안에도 내 후계자를 보지 못했기 때문이었네. 나는 그때 자네를 뽑았어.

그리고 나는 자네를 난데없이 선원으로 만들었지. 알랜, 자네가 경멸할 만한 수단들을 이용해서 말일세. 이제 나는 자네의 용서를 구하네. 오랜 세월 전에, 나는 퀸에게 반란을 제안하라고 명령했어. 그것은 내 피에 대한 갈망으로 인해 자네에게 배우고 쓸모 있는 이가 될 의지를 주었어. 그리고 나는 스트레인지에게 자네를 병들게 해서 자네가 망보기 숫자를 세는 것을 잊어버리게 만들었어. 그리고 나는 지구로 일찍 돌아감으로써 자네의 희망을 세워주었고 자네가 계속해서 어떻게 우리가 돌아가는지 배우고 지켜보도록 했네. 그리고 나서 신이여, 용서하소서! 나는 자네를 비탄에 빠트렸지.

알랜, 자네가 10년 정도만 사라져버렸을 거란 희망을 갖고 자네의 마을로 갔을 때 무엇을 느꼈는지 나는 모르네. 그러나 자네의 감정들을 짐작할 수는 있어. 사실 알랜, 내가 바로 그런 식으로 길고도 기나긴 항해를 시작했으니까. 그리고 내 연인은 죽었지. 내가 돌아오기도 한참 전에 죽었다네. 그래서 나는 어렴풋이 알았지. 내가 자네한테 그렇게 끔찍한 짓을 저지르는 순간조차도 느끼고 있었다네.

그리고 자네는 우주선으로 되돌아왔어. 자네가 상륙해 있는 동안 두 사내는 한 번도 자네 주변에서 벗어나지 않았어. 내가 자네를 내 자리에 지목한 후로 한참 되었기 때문이지. 그리고 자네는 배웠지. 그리고 나는 자네에게 창피를 주었고.

자네는 선원들 사이에 한두 사람과도 특별히 친해지는 것을 차단당했어. 내가 그렇게 했네. 지휘관은 어떤 친구도 없을 수 있어. 자네가 지금 이 순간, 내 책상 옆에, 외로운 남자로 지휘관으로서 오기까지.

헤일은 나를 이을 수 없었어. 그는 많은 것들을 몰라. 권한에 관해 동봉한 노트를 보여주면 그는 자네를 따를 걸세. 이것을 선원들에게 보여주면 그들 역시 자네의 명령을 들을 거야. 그러나 자네한테 그런 게 필요할지 모르겠어. 그들은 자네가 생각하는 것보다 훨씬 더 자네를 대단하게 생각해, 앨런. 그들이 그렇지 않은 것처럼, 자네가 믿도록 만든 것은 나의 방침이었어.

그리고 이제 자네는 지휘권을 가졌지. 그것으로 자네가 뭘 할지는 자네 마음이야. 하지만 자네가 물어왔던, 많은 질문에 대해 답하는 걸 허락해주게나, 앨런. 왜인지 알고 싶은가?

자네는 많은 낯선 별들에서 많은 사건들을 겪었지. 이상한 것들을 보아왔고. 그리고 자네는 우리 지구의 성쇠를 지켜보았어.

지구는 영원히 살지 않아. 그리고 지구가 그것을 피할 수 없다면, 인간 역시 피할 수 없을 테지.

우리는 어느 풍요로운 별에 착륙하여 편히 쉴 수 있었어. 여행의 위험들은 제거하고, 우리 자신을 안락하게, 그리고 '집'에 있는 것처럼 할 수 있었네. 하지만 이 우주선이 우리의 집이 되어야 하며 이 임무는 우리의 것이야. 기나긴 항해의 도정에 있는 다른 많은 배들의 임무처럼 말일세.

자네는 우리의 기술로 살아가고 있거나 그들 스스로의 것을 창조해 내는 지각 있는 종족들을 보아왔어. 자네는 그들이 우리의 후손들보다 오래 살기를 바라나? 저 다른 종족들이 마침내 우리의 우주를 물려받기 바라나? 난 그렇게 생각하지 않네, 알랜. 자네도 계속 갈 것이라 생각하네.

이것은 기나긴 항해의 성전이야. 외롭고 감사받지 못할 성전이지.

인간은 별들 사이에서 결국엔 승리할 걸세.

아크노이드도 아니고, 글리니트도 아니고, 네 발 달린 것도 아닌, 인간이 살아남을 수 있고, 그래야만 해.

지구로부터 약간의 도움도 없이, 별들 속에서 기나긴 항해에 있는 이 우주선과 그 자매들은, 인간이 하나의 종족으로서 살아남고 어디에서라도 승리할 수 있도록 하는 '단 하나'의 수단이야.

방정식들을 저주하지 말게나. 언젠가 인간은 시간을 정복할 거야. 마침내 정복하게 되면, 자네와 자네 같은 인간들, 사냥개 호 같은 우주선들은 우리를 조금이라도 나아가게 하고, 그렇게 신속하게 땅에 내려주고, 그 종족들과 승리들과 인간의 희망을 날라다 준 방정식들을 축복할 걸세.

자네의 지휘에 행운을, 그리고 별들 사이에서 행운을 비네. 우리 승무원들의 충성심과 우리가 그렇게 색다르게 봉사했던 우리 식민지들의 우정에도 말일세. 그리고 아마도 언젠가, 성직자들의 말이 맞는다면, 나는 자네와 악수할 수 있을 테지, 알랜. 그리고 자네에게서 자네가 한 일을 들을 테고.

신이 자네를 축복하시길.

행운을 비네.

자네를 믿어. 그리고 내가 가지고 희망했던 모든 것이 자네의 것일세.

조슬린

알랜은 편지를 부드럽게 내려놓고 한참 동안 우주선을 잊고 서 있었다. 그의 마음은 세월의 다리를 가로질러 되돌아갔다. 그리고 나서 그는 돌아섰고 함교 위로 서둘러 걸어갔다. 시야가 이상하게도 뿌예져서 거기서 진행 중인 복구 작업을 보는 데 약간의 시간이 걸렸다.

그리고 나서 알랜은 그것들을 조사했고 차츰 우주선과 그날을 정리하기 시작했다.

오후에 한 무리의 학자들이 왔으나 알랜은 그들을 냉대했다. 한 기자가 그들과 함께 와서 많은 이야기들을 기록해 갔는데 알랜은 기사를 통해 기나긴 항해를 하는 우주선들을 잘 대접하므로써 생기는 이점들을 널리 알릴 수 있었다.

그리고 알랜은 점점 노련해져서 그들에게 우주와 식민지들 사이에는 많은 무기들이 있으며, 심지어 몇백 년이 지나 귀향하는 기나긴 항해의 우주선들도 이 사회를 타도할 수 있다고 말했다. 그리고 있지도 않은 기나긴 항해 중의 통신 수단에 대해 말하면서 이미 다른 우주선들에게 조심하라는 말을 전했다고 덧붙였다. 누가 알겠는가? 그게 다음번에 도움이 될지 모를 일이다.

알랜은 어스름녘에 도심으로 가서 자세히 돌아보고 그들이 지구에 마지막으로 왔을 때 이후에 출간된 책들을 찾았다. 그는 싸구려 술집으로 가서 모든 것을 얻을 수 있고 아무 일도 하지 않는 풍요와 멋진 우주인의 생활에 대한 이야기를 퍼뜨렸다. 그리고 그의 선원들이 밤새 남자와 여자들에게 서명하라고 꼬드기는 동안 떨어져 서 있었다. 다음날, 신문에 그의 이야기가 퍼져나가는 동시에 그는 500명의 식민지 이주자들과 모든 필요한 장비들을 배에 실을 수 있었다. 그들은 '밤새 땅에서 식량이 솟아나는, 금성에 있는 미개의 섬'을 향해 가기 위해 배에 탔다.

그리고 그날과 다음날 내내 알랜은 혼자 떨어져서 지구인들이 가져온 화물 중에 자신의 몫으로 식품과 책들과 물품들을 사느라 옥신각신했다. 그러면서 기나긴 항해의 우주선들과 거래하는 것이 상인들에게 무엇보다 흥미롭고 그들을 부유하게 해주는 일로 만들었고, 그 거래는 그들의 군주가 독점한 것이 절대 아니며 상인 계층과 자유롭게 태어난 시민들의 권리임을 넌지시 시사했다.

그리고 나서 우주선에 짐을 실었고, 모든 것이 수리되었으며, 그들은 일을 끝냈다.

TO THE
STARS

머나먼 우주에서 펼쳐지는 시공을 초월한 모험기

제20장

알랜은 함교에서 있었다. 그가 가는 길에 한 해군 장교가 경례를 했다.

"그러면 저들을 구조선에서 내릴 겁니까, 선장님?"

알랜은 차갑게 그를 쳐다보았다. 그 남자는 아첨을 잘했다. 타락한 법원에서 그가 그렇게 기운찼던 것도 놀랄 일이 아니다. 그가 인간고기를 팔려고 상점에 걸어놓은 한 사회에 존재할 수 있다는 것도 놀랄일이 아니었다. 그런 사회를 알랜은 예전 언젠가 본 적이 있었다. 알랜이 말했다.

"나는 대개 내 말을 지킨다. 그걸 지금 당장 깨뜨리는 것은 수지맞는 장사가 아니지. 그들은 내려질 거야. 내가 말하면 그때 하라고."

"감사합니다, 예예, 감사합니다, 선장님."

그리고 그자는 가버렸다.

항구의 한 젊은 기술자가 마지막 수표의 증서들을 전하러 함교로 왔다. 알랜은 전에 그를 본 적 있었는데, 훌륭하게 교육받은데다 민활한 젊은이로 자신의 일을 잘 알았다. 그는 늙은 헤일과 멀리 산마루 위, 오늘의 햇빛에 뒤덮인 산마루에 남아 있는 사람들을 생각해 보았다.

우주선 안에는 기대로 벅찬 떨림이 있었다. 알랜의 말이 모두에게 전달되었다. 사람들은 이륙을 위해 그들의 위치로 가고 있었다. 새로운 선원들은 너무나 미숙해서 지금 당장은 일손이 모자랐다. 기나긴 항해와 그것의 '시간'에 대하여 아무것도 모르는 몇몇 이들, 그 승무원들은 무슨 생각을 할까?

그 기술자는 새로운 탐지 장비 일을 끝내고 드라이브 통신기를 조정하기 위해 돌아섰다.

느림보가 함교로 올라와서 자기 자리에 앉았다. 그는 손에 술병을 쥐고 있었고 그것을 습관적으로 놓는 선반에 내려놓았다. 그는 오로지 약간 취했을 뿐이다. 다른 승원들은 이미 자기 자리에 있었고, 그들의 선장을 긴장해서 지켜보고 있었다.

"로스턴 씨."

알랜이 서늘하게 말했다. 느림보는 놀라서 올려다보았다. 그가 자기의 진짜 이름을 들은 것은 정말 오랜만이었다.

"로스턴 씨, 나는 오늘 새로운 대기 조종사를 배에 태웠고 갑문에 새로운 비행기를 들여놓았어요."

느림보는 이것을 몰랐더랬다. 그는 놀라고 또 놀랐으며 믿을 수가 없었다.

알랜이 말했다.

"오래전, 당신은 전쟁에 참여했어요. 당신이 아주 젊을 때였죠. 이제는 늙어가고 있으니 당신이 그 전쟁을 잊을 때인 것 같아요, 로스턴 씨."

느림보는 선반 쪽으로 걸어가서 새 술병을 집어 들었다. 그는 돌아서서 먼저 그것을 칸막이벽에다 정면으로 내던졌다. 그 시끄러운 쨍그랑 소리가 함교를 얼어붙게 만들었다.

알랜이 다시 말했다.

"당신 자리를 지키시오, 로스턴 씨. 이 순간부터 당신은 이 우주선의 일등 항해사요. 당신은 당신의 의무를 알고 있소. 그것들을 수행하시오. 알겠습니까?"

우주 공항에서 온 젊은 기술자는 아슬아슬하게 통신기 계기반을 지나쳐 산산조각 난 유리를 빤히 바라보고 있었다. 그는 조정 일을 끝냈고 우주선이 떠날 때가 아주 가까웠다는 것을 알고 사다리 쪽으로 다가갔다.

"잠깐 거기 서게."

알랜이 말했다. 기술자가 돌아섰다.

"자네는 기나긴 항해에 대해 아는가?"

"아아, 선장님. 저는 지금 있는 곳에 좋은 일자리를 갖고 있습니다."

기술자가 말했다.

"기나긴 항해는 좀 더 많은 보수를 주지."

알랜이 말했다.

"그리고 기나긴 항해의 시간 방정식에는 굉장히 많은 문제가 있지요. 정신 나간 사람이나 그런 일을 자원해서 시도할 겁니다. 선장님의 제안에 감사드립니다만 저는 지구에서 해야 할 일이 있습니다."

알랜은 그를 평가하듯이 쳐다보았다. 그는 조타원 쪽으로 손짓을 했다.

"이 사람을 데려가서 우리가 완전히 지구를 뜰 때까지 병실에 잡아두게."

알랜 코다이의 창백하고 지친 모습을 쳐다보며 기술자의 얼굴이 굳어졌다. 기술자는 돌진했고 그 자리에 있던 우주인들이 그를 간신히 막았다. 그러나 그는 뚫고 나갔다.

알랜이 날쌔게 권총의 개머리판으로 기술자의 머리를 쳤다. 기술자는 주저앉았고 힘들게 숨을 쉬었지만 여전히 반쯤은 의식이 있었다. 그는 일어서려고 몸부림쳤다.

"하지만 그러면 안 돼⋯⋯. 그러면 안 돼요⋯⋯. 내 아내가⋯⋯."

사람들은 그를 밑으로 데려갔다.

"모든 부서는 준비됐는지 보고하라."

알랜이 말했다. 그리고 기다렸다.

"준비됐습니다, 선장."

얼머가 말했다.

"로스턴 씨, 당신이 이륙시킬 것이고 조니스 랜딩을 향해 경로를 잡을 거요. 우리 원래 승무원들 중에서 당신 자신을 위해 적당한 망꾼들을 앉히고 적당한 교체자를 찾아내시오. 알겠소?"

로스턴 씨는 발 아래 깨진 병 조각들을 두고 잽싸게 자세를 고쳤다.

"네네, 선장."

그는 되돌아서 필요한 명령들을 내리기 시작했다.

하급의 드라이브들이 부르르 떨었다. 우주선이 들어 올려지기 시작했다. 죄수들은 구조선에 보내졌고, 고도 150킬로미터에서 밖으로 떠밀릴 것이다.

알랜은 자신의 선실로 천천히 걸어갔다. 자신의 보잘것없는 톱니바퀴 수집물이 거기에 빈 서랍들과 장들 속에 있었다. 그는 책상 앞의 의자에 앉아 허공을 쳐다보았다.

한마디 말이 알랜의 귓속에서 윙윙거렸다.

"그러면 안 돼요……. 내 아내가……."

그리고 그는 또다시 비 내리는 어떤 밤을 보았고, 또다시 어느 술집에서 피아노가 기묘하게 아름다운 협주곡을 연주하는 소리를 들었다.

머리가 잔인하게 지끈거렸고 신경은 긴장해 있었다. 그는 책상을 바라보았다. 브랜디 병이 있었고 한 묶음의 종이 봉투 다발이 조슬린이 두고 떠났을 때 그대로 있었다. 알랜은 술을 따르고 나서 갑자기, 난폭한 동작으로 어떤 종이의 내용물을 잔 속에다 비워버렸다. 그는 그것을 마시고 내려놓았다.

그들 뒤에서 한 도시가 시야로부터 떨어져 나갔다. 어떤 언덕이 내려다보이는 도시, 배신에 대한 끔찍한 값을 치른 도시가.

술과 약이 효과를 나타내기 시작했다. 알랜은 근처에 누군가가 있는 것을 느끼고 돌아보았다. 스누저가 문에 서서 차분한 얼굴로 기다리고 있었다. 그녀는 더 이상 열네 살이 아니었다. 그녀는 한 명의 아름다운 여인으로 자랐다. 알랜은 갑자기 그것을 알았다. 그는 그녀를 쳐다보았고 전에 그것을 몰랐던 게 놀라웠다.

'백작부인' 은 방으로 들어와 문을 닫았다.

그리고 캄캄하고 캄캄한 허공 속으로 하늘의 사냥개 호가 속도를 높였고, 영원한 별들을 향해 임무를 띠고 위로, 그리고 외계로 향했다.

경험과 상상력의 접점에서 출발한 「투더스타」

1905년에 아인슈타인이 제창한 특수 상대성 이론은 시간과 공간을 허물었다고 말한다. 이 이론을 통해 뉴턴 역학 이래 물리학의 대전제였던 시간과 공간의 절대성이 부정되었으며, 시간과 길이는 누가 측정하는가에 따라 달라지는 것으로 이해가 바뀌었다. 론 허버드의 「투더스타」는 이 이론의 논리적 귀결로서 유도된 여러 가지 설명들 중 '시간 지연'을 주제로 하고 있다.

경험은 우리의 직관과 상식을 형성하는 바탕으로서, 우리가 매일 걷고 달리고 매달리고 뛰어내리는 모든 자연스러운 움직임은 다종다양한 역학 관계들을 체화한 것이라 말할 수도 있을 것이다. 그러나 우리가 경험할 수 있는 세계란 너무나 작고 우리의 경험을 넘어선 세계는 너무나 크다. 그럼에도 인간이 아직까지 경험하지 못한 세계에 대하여 용감히 도전하는 것은 그 세계의 크기에 필적할 만한 상상력이라는 것이 있기 때문인지 모른다. 그 상상력을 통해 우리가 광속에 가까운 우주선을 타고 저 먼 별나라로 갔다가 지구로 돌아오면 시간 지연 효과에 따라 우리는 몇 살 먹은 것 같지도 않지만 지구는 몇백 년이 흘렀을 수도 있다. 우리의 경험의 지평이 넓어지고 상상한 바를 향해 한 걸음씩 걸어가다 보면 언젠가 바로 그 몇백 년이 흐른 지구 위에 우리가 서 있을 수도 있을 것이다.

그럴 때 우리는 어떻게 할 것인가? 너무나 먼 이야기 같지만, 인류 문명의 과학 기술적 진보는 그렇게 너무나 먼 이야기 같은 것을 깨트리는 신화로 가득 차 있다. 그리고 실제로 현대에 와서는 10억 분의 1초까지 구분할 수 있는 원자시계를 통해 비행기의 시간 지연 효과가 증명되기도 했다.

론 허버드의 「투더스타」가 서 있는 지점은 바로 그 경험과 상상력이 만나는 부분이고, 그것이 좋은 소설의 출발점임은 말할 필요도 없다. 또한 이 소설에는 소설이 쓰인 1950년대 과학 소설 황금기의 낙관과 희망, 도전 정신이 담겨 있다. 그것은 과학의 유토피아적 전망이 비난받게 된 작금에 와서는 폐기되어야 할 사고 같기도 하나 미래에 대한 그 단순한 믿음은 현대인이 가지기 어려운 것이기에 부럽고 신기하기도 하다. 그 밖에도 이 소설에는 카리스마적이면서도 비정하고 무언가가 숨겨져 있는 듯한 조슬린 선장과 영리하고 열정은 있으나 새파랗게 젊은 기술자 알랜이라는 두 주인공의 갈등과 극적인 반전을 보는 재미가 있다.

아인슈타인은 어떤 남자를 예쁜 여자 곁에 두면 한 시간이 1분 같을 것이고 그 사람을 뜨거운 난로 옆에 두면 한 시간이 더 길게 느껴질 것이라는 소박한 비유로 '상대성'에 대하여 설명한 적이 있는데, 이 소설을 읽는 것 또한 상대적 즐거움을 선사할 수 있다면 옮긴이로서 즐거울 것이다.

2005년 8월 최준영

과학 소설의 황금기를 일군 론 허버드

1911년 미국 네브래스카에서 태어난 론 하버드의 본명은 라파예트 로널드 허버드(Lafayette Ronald Hubbard)이며 그의 아버지는 해군 사관이었다. 그는 『뉴욕타임스』의 베스트셀러 리스트에 오른 19편의 소설을 포함해 장편 소설, 단편 소설, 시나리오 등을 문학의 다양한 장르를 망라하여 집필한 경이로운 경력을 지녔으며 대중적인 인기를 얻은 전설적인 작가이다.

그는 작가 이전에도 매우 독특한 이력의 삶을 살았다. 공식 기록에 의하면 세 살 때 야생마를 길들여 탔으며 여섯 살 때는 전설적인 블랙풋 인디언들과 의형제를 맺었다고 한다. 또한 이때부터 셰익스피어와 그리스 철학자들의 저서를 읽기 시작했다. 여러 해에 걸쳐 세계를 여행하다가 1930년 조지워싱턴대학에 입학하여 엔지니어링을 공부했고, 초창기 분자 현상학 관련 강좌를 들었다. 론 허버드의 특이한 이력은 여기에서 그치지 않아 선구적인 비행가로서, 선장으로서, 익스플로러스 클럽의 탐험 대장으로서, 게다가 사진 작가로서, 교육자로서 명성을 이어나갔다.

1940년대와 1950년대, 론 허버드는 대중 소설 잡지들을 위한 가장 유명하고 인기 있는 작가 중 한 사람으로 확고한 위치를 다졌다. 그의 작품 가운데 많은 이야기들이 허버드의 다양한 인생 역정을 반영하고 있는데, 그 이야기들에는 설득력 강한 인물들이 등장하고 그들에게 생기를 불어넣어 주는 대화를 써넣음으로써 실제로 모험을 하는 듯한 느낌을 불러일으키며 수많은 독자들을 매료시켰다.

과학 소설 분야에 뛰어들었을 때, 그는 어떤 작가와도 비교할 수 없을 만큼 사건으로 가득하고 긴장감 넘치는 글들을 썼으며 다양한 독자층을 만족시킬 수 있는 이야기들을 썼다. 소수의 혁신적이고 상상력 넘치는 작가들과 함께, 그는 미국 과학 소설의 황금기를 일구고 그 장르의 지속적인 관심과 읽을거리로서의 매력을 위한 기초를 다지는 데 앞장섰다.

그의 베스트셀러이자 고전적인 사변 소설들 중에서 「공포(Fear)」, 「최후의 등화관제(Final Blackout)」, 「늙은 의사 므두셀라(Old Doc Methuselah)」, 그리고 최고의 서사시적인 작품으로 평가받는 「배틀필드 어스(Battlefield Earth)」와 「미션 어스(Mission Earth)」 연작은 새로운 유행을 창조해 냈으며, 모두 합해 미국 베스트셀러 목록에 153주나 올